宮沢賢治

幻の郵便脚夫を求めて

吉田文憲

大修館書店

宮沢賢治——幻の郵便脚夫を求めて

目次

序章　幻の郵便脚夫――《郵便文学》について……10

Ⅰ

秋田街道……16
その道を歩いてみた　16　だんだら棒の明滅　19
詩「屈折率」……23
青春への決別の歌　23　隠されてある幻の目　26　宿命の姿に出会う　30
詩「春と修羅」……34
修羅という名のキメラ　34　進化論をなぞり展開　37　「R複合体」のドラマ化　41
詩「蠕虫《アンネリダ》舞手《タンツエーリン》」……45
ボウフラの映像記録　45

Ⅱ

どんぐりと山猫……50
魔法のかかった時間　50　ざわめきの消えた森　55　未来に残された名前　60

注文の多い料理店……65
看板に隠された意味　65　レストランの仕掛け　69　イーハトヴの武装解除　72
水仙月の四日……76
峠という受難の場所　76　雪童子の悲しみ　79
かしはばやしの夜……83
画《え》かきの立つ場所　83　背景には闘争の歴史　87
土神ときつね……91
生き残った樺の木　91　放置された神の怒り　95
鹿踊《ししおど》りのはじまり……99
人と鹿をつなぐ回路　99　楽園追放の物語　102
黄いろのトマト……107
息で曇る窓ガラス　107
「雁の童子」など……112
天から堕ち、天に還る　112
やまなし……116
名づけのかなたで　116　子蟹たちのスケール　120　「小ささ」と「遠さ」　123

セロ弾きのゴーシュ …… 128
住居はなぜ水車小屋か 128　真夜中に開かれる扉 132　その音は心の中の嵐 135

Ⅲ

詩「鉄道線路と国道が」など …… 140
小妖精たちの予言 140

ざしき童子《ぼっこ》のはなし …… 145
幻のもう一人の出現 145

風の又三郎 …… 149
怪異譚としての物語 149　窓ガラスという装置 153　空白を生き延びる謎 156
「鬼っこ」遊びの怖さ 161　消えた主人公の正体 165

Ⅳ

詩「無声慟哭」三部作 …… 170
《喪》の儀式としての詩 170　聖なる「十三の文字」 173

詩「青森挽歌」 …… 178

天上へと走る夜汽車　178
銀河鉄道の夜　183
迷子、行方不明、不在　183　ジョバンニの目覚め　187　無音の闇が支配する　190
「らっこの上着」の謎　193　鳥捕りとの出会い　197　相似する二人の軌跡　200
未完了による永遠化　204
終章　再び郵便文学について——「光の手紙」をどう受け取るか　210
読まれざる作家——あとがきに代えて　215
参考文献一覧　220

装幀　奥定泰之

序章

幻の郵便脚夫——《郵便文学》について

この小論のタイトルを「宮沢賢治——幻の郵便脚夫を求めて」とした。賢治の詩や童話に〝郵便脚夫〟という言葉が頻出するというわけではない。のちにふれるが、この言葉は、短歌や詩にわずかにその顔をのぞかせるにすぎない。

けれど、わたしも、たとえば賢治研究者でもある高橋世織がいうように、宮沢賢治の作品営為を〝通信することの夢〟に憑かれた光文字が明滅する生涯にわたる《郵便文学》と考えてみたいのだ（天沢退二郎編『宮澤賢治ハンドブック』「郵便・通信」の項、新書館、一九九六）。

理由はいろいろある。

賢治は大正十（一九二一）年の一月（二十四歳のとき）、家出上京し、信仰する法華経の当時の事務的な中心地・国柱会本部があった鶯谷の中央事務所を訪ね、そこで応対した高知尾智耀《ちよう》に〝法華文学の創作〟をすすめられたという。これが、宮沢賢治が、童話を制作するキッカケになったといわれている。いわば賢治のその創作のモチーフには、童話（「書くこと」）による〝法華文学〟の布教活動ということがあった。ここではその布教活動を、手紙やはがきを配達する行為になぞらえてみたいのである。

　賢治には文字通りその名を冠する「手紙一―四」として知られた初期作品がある（筑摩文庫全集第八巻に収録）。それは大正八年から十二年（賢治二十三歳から二十七歳）にかけて折りにふれ書かれたものと推定されている。この「手紙」はそのときどきの自分の信念に基づいた仏教の布教を目的としたもので、実際は無題のまま印刷され、あたかも広告チラシを配布するかのように、匿名で郵送されたり、誰かに直接手渡されたり、ときには勤め先の農学校の下駄箱にそっと入れられたりしたものである。一見、奇矯ともみえる行為だが、けれど、ここには、賢治文学（たとえば童話を「書くこと」）のモチーフの〝原型〟といってもいい、その文学的営為の〝純粋形〟があるのではないか。

　そのなかでも「手紙四」は、心象スケッチ集『春と修羅』に収められた、妹トシの死を深く哀悼した詩「永訣の朝」と共通するテーマを持っているほか、わたしの考えでは、ほとんどのちの「銀河鉄道の夜」の原型となる構造さえもがあるように思われる。

　さらには、これもまた賢治文学の原型を語っていると思われる初期作品に「「旅人のはなし」から」という一読忘れ難い断章がある。それはこんなふうに書き始められる。「書いた人も本の名前も忘れましたが（ここにも「私性」を超えた〝無名〟性・〝匿名〟性を生きる賢治文学の特徴がよくうかがわれよう)、とにかく、その旅人は永い永い間、旅を続けてゐました」。この不思議な旅人は、さまざまな国に行き、さまざまな人と出会い、ときには火あぶりになる子どもの身代わりになって死に、死んでは蘇り、いわば不死の人としてまた旅を続ける。人の一生も二生も生きて、あるいは何世代・何世紀にもわたってさまざまな人や物に変身しながらなおも終わりのない旅を続ける〝時空の旅人〟といった印象を残す。これはどこかで彼の生涯を予告するような初期賢治作品の中でももっとも不思議なものの一つである。

いまこの旅人を宮沢賢治その人(その生涯と文学的営為)に重ねてみたとき、賢治文学、とりわけその童話作品とは、たとえばそのような郵便脚夫の姿をしたこの〝時空の旅人〟の配達する、過去と未来の方からやってくる不思議な光文字で書かれた匿名の《郵便(手紙)文学》ではないか、という気がするのである。そこでは文字は何万光年、何億光年かなたからやってくる夜空に光る星のように瞬いている。

この「光文字」について、かつてわたしは次のように書いたことがある。

宮沢賢治は、原稿用紙の上に、文字ではなく、文字という名の光る映像言語を走らせた。その映像言語が、三次元+時間の「第四次延長」のなかでいくたびも転生、あるいは転移をくり返しながら星のようにせわしくせわしく明滅する。われわれが賢治作品の上に見ているのは、そのような未知の文字映像（星）の時を変え、場所を変えて妖しく明滅する世界の現象なのかもしれない（拙著『宮沢賢治―妖しい文字の物語』思潮社、二〇〇五）。

ともあれ賢治作品は、過去に書かれたものでありながら、どこか未来時制に配達される、だからいまだ読まれざる、未来に属する文学（光文字）のように思われる。それから七十年後を生きるわたしたちに、いま、それが読めるのか。どう読めるのか。宮沢賢治の姿、その残された作品に時空を超えた旅人＝「幻の郵便脚夫」の行方を求めながら、この小論でわたしが試みてみたいのは、そのようなことである。

I

秋田街道

その道を歩いてみた

まずは、わたしたちも、若き日の賢治さん（賢《けん》サ）が歩いた「秋田街道」を歩いてみよう。

「秋田街道」とは、現在の国道四十六号。「盛岡から雫石までは、ほぼ雫石川に沿って西行し、秋田県角館に至る街道」（原子朗『新宮沢賢治語彙辞典』東京書籍、一九九九）である。現在はこの街道の北側を秋田新幹線が走っているが、若き日の賢治たちが歩いたときには、まだ鉄道は通っていなかった。橋場線（のちの田沢湖線）が雫石《しずくいし》まで開通するのは大正十（一九二一）年のことである。

当時（というのは、宮沢賢治が盛岡高等農林の学生の頃）雫石の中心部から西へ約三キロの春木場というところに、高等農林の実習地（「経済農場」といった）があった。賢サたちは、単独で、あるいは仲間と連れ立って、あるときは小岩井農場へ行くために、あるときは実習でその「経済農場」へ赴くために、しばしばこの道を歩いた。

「秋田街道」、そして橋場線、雫石との境にある七つ森の北側（賢治作品に即していえば、この七つ森のあたりから、上方――はるかな北方の宇宙にまでつながる天空といったらいいか）に拡《ひろ》がる小岩井農場から岩手山麓にかけての一帯は、まさに賢治がのちに〝ドリームランド〟と呼んだあのイーハトヴの中心地、賢治ワールドにあたる地域である。

その「秋田街道」を、賢治たちは、保阪嘉内《かない》ら校内の文芸仲間や、賢治が高等農林三年生のときに創刊した同人誌『アザリア』の同人たちとともに、大正六年の七月七日深夜からその雫石郊外の春木場まで歩いた。盛岡から春木場までの距離は約二十キロ。そのときの様子（記録）が初期の短編「秋田街道」である。そこに、次のような文章がある。

みんなは七つ森の機嫌《きげん》の悪い暁の脚まで来た。道が俄《には》かに青々と曲《まが》る。

このときは真夜中の零時すぎから歩いたといわれるから、暁とあるのは、おそらく七つ森のあたりで夜が明け始めたのだろう。秋田街道はこのあたりで、七つ森の山裾を廻り、一方は北へ向かって小岩井農場の方へ伸び、一方はそのまま西行し雫石の街の方へと続いている。

ところで引用文の七つ森が〝機嫌が悪い〟とは、どういうことだろう。前文に「東がまばゆく白くなった」とあるが、反対側の七つ森の連山（標高三百メートルほどの円形＝釣鐘型の山が七つ連なっているところから、そう呼ばれた）のあたりはまだ薄暗い闇に閉ざされていたのか、それとも鉛色のぶ厚い雲でも垂れこめていたのであろうか。これは次の「道が俄かに青々と曲る」の〝青々〟と呼応して、いずれも作者のどこか青暗い心象を映し出してもいるだろう。

「青」とはたとえば『春と修羅』の〝春〟の色であり、また〝修羅〟の色でもある。それは賢治にとって、ほとんど宿命の色といってもいいものだ。賢治の分身たち、その影、ゴーストはいつもどこかこの「青」暗い異空間、異界のような場所をさまよっている。

わたくしの影を見たのか提灯も戻る
（その影は鉄いろの背後の
ひとりの修羅に見える筈だ）（「東岩手火山」）

そして、夜。ここではそれを象徴的に、夜の通過という言い方をしてみたい。「秋田街道」にあるのは、だからたんなる青春時のありふれた特権的な時間だけではない。夜、あるいは夜歩きとは、（とりわけ）賢治にとって日常の時間の外へ出たかのような、もう一つ別の世界へのある高揚感を伴った歩み、それ自体が特権的な非日常の夢幻的な時間のなかのさまよいでもあろう。

ともあれ、七つ森のこの曲がり角（隅、コーナー）にはいま、夜明け前の薄明の闇が漂っている。たとえば「風の又三郎」の〝又〟もそうであるが、賢治作品においては、曲がり角、隅、コーナーとは、いつでも次元、その方向が変化する、あるいは場面が転換する無気味な異空間への入口のような場所なのである。

このさきの「秋田街道」を作者の青暗い心象に沿ってもう少しだけ歩いてみよう。

わたしたちはいま、じつは賢治作品の大事な曲がり角、作品の始まりの奇妙な薄明の闇の中にいる。そしてその薄明かりの向こうにはかすかな人影が見える。だが、そこに誰が立っているのか。

だんだら棒の明滅

「秋田街道」はみかけ以上に、不思議な作品である。これはドキュメントというよりは、そうでありながら、ほとんど異次元の縁《へり》に立つような幻想的・夢幻的な雰囲気を持っているといってもいい。さきにこの作品に対してわたしは〝記録〟という言葉を使ってみた。むろん〝記録〟だからといって、それが幻想的でないとはいえない。ただここには「夜」を歩いたという異様な昂揚感がある。「夜」という霊的なものが跋扈《ばっこ》する異界への昏倒・入眠の時間。「銀河鉄道の夜」のジョバンニのようにどこか日常の時間の外へ出て夢幻的な「夢の縁《へり》」（天沢退二郎『エッセー・オニリック』思潮社、一九八七）をさまよい歩く時間。その異様に高揚した心身の〝記録〟の試み。ところで賢治は大正十三（一九二四）年に刊行した『春と修羅』第一集を〝詩集〟とは呼ばず、〝心象スケッチ〟と名づけた。アンドレ・ブルトンたちのシュルレアリスムの自動記述にも通い合う賢治のその特異な記述の方法論〝心象スケッチ〟の試み（ちなみに、アンドレ・ブルトンの有名な『シュルレアリスム宣言』が刊行されたのも、同じ一九二四年だ）を、ここではこの「秋田街道」を通して考えてみたい。

歩行、独白体による〝心象スケッチ〟、その最初の試み（と多くの賢治研究者からこの作品はみられている）。ところでいまわたしが傍点を振った三つの言葉は、そのまま賢治詩のみならず、その後の彼の童話も含めたすべての賢治作品のキーワードとなりうるのではなかろうか。

たとえば賢治研究者の榊昌子は、この作品の中の、「おれはかなしく来た方をふりかへる」にふれて、「この作品のもとになったのは、大正六年の出来事（吉田注・あの『アザリア』同人たちとの春木場までの夜歩き）である。しかし「ここで「かなしく来た方をふりかへる」（傍点吉田、以下同）のは誰なのだろう」との興味深い問いを発しながら、「大正六年の秋田街道を歩いているのは、（中略）青インク日付の大正九年の宮沢賢治なのではないだろうか」とのべている（『宮沢賢治「初期短篇綴」の世界』無明舎出版、二〇〇〇）。

これだけの説明では少しわかりにくいかもしれないが、ここでいう青インク日付の大正九年とは、この作品の初稿執筆時とされている時期である。つまりここでは大正六年の経験を、それから三年も経った九年に賢治はまさにそれを「ふりかへる」ようにして書いているのではないか、と榊氏はいうのである。一方で、他にこのときの夜歩き体験を直接扱った賢治の短歌作品があり、それはこの春木場行の十日後に発行された彼らの同人誌『アザリア』第二輯に発表されている。その中のたとえば「夜のそらにふとあらはれてさびしきは、床屋のみせのだんだらの棒」「夜をこめて七ツ森まできたりしに、はやあけぞらに草穂うかべり」等の歌は、ほとんどそのまま「秋田街道」にも同じような描写がある。

何をいいたいのか。榊氏ものべているように、「秋田街道」以前にも、賢治たちはしばしばこの街道を春木場まで通ったことだろう。氏の考察も踏まえていえば、賢治の〝心象スケッチ〟とは、その都度その都度の明滅する心象の〝記録〟であり、かつかつての体験や記憶の堆積する時間の層の中から掘り出される、まさに時の化石のような記憶のモンタージュなのではなかろうか。わたしたちは幾重にも折り重なった二次元の紙のうえの文学映像の下（そのテキストの底）からあたかも埋もれた文字の化石を発掘するように賢治作品を読まなければならないのだ。

記憶あるいはモンタージュとは、いつでも生体の持続された意識における多重時間のきれぎれの明滅である。それはこの作品の中に出てくる夜の空にふと現れた夢幻的な「だんだら棒」のようにさまざまな記憶の層の色彩が捻れ、折り重なって、その文字映像は妖《あや》しく渦を巻きながら回転している。それはどこか賢治の宇宙モデルの象徴でもある。記憶や時間の重層構造を語る宮沢賢治の〝心象スケッチ〟とは、するともしかしたらこの「だんだら棒」のように渦を巻きながら回転するあの六道輪廻《りんね》のすぐ傍らにある言葉でもあるのではなかろうか。「秋田街道」には、ほかにも〝灰色はがね〟や〝草穂〟〝フィーマス（腐葉土）〟など、のちの賢治作品の重要なイメージの核を成す言葉やヴィジョンがあちらこちらに掘り出されたばかりの原石のように散りばめられている。

そして、この作品の七つ森の曲がり角には草叢《むら》の中に隠れた〝湧水〟がある。この〝湧水〟はおそらくこの作品の聖なる場所《トポス》でもあろう。湧水－雫石－すぎなの露。「秋田街道」に出てくる、この水、いのちを養うものの滴《したた》りの連鎖・循環は、いつでも賢治作品の聖なる記号である。そして賢治たち一行は夜歩きの興奮と疲労と陶酔のなかを、やがて葛根田《かっこんだ》川の幻想的な朝の河原へ降りてゆく。隠れた水の音、水辺が彼等を誘っているのである。

〝心象スケッチ〟〝モンタージュ〟とは、するとあの夜の空の「だんだら棒」のように明滅する捻れた「幽霊の複合体」、鬼神の夜を通過した薄明のかなたの影のような回転するキメラの蠢《うごめ》きなのかもしれない。

詩「屈折率」

青春への決別の歌

賢治作品の冒頭には、いつも妖しいレンズのようなものが仕掛けられている。

〝レンズ〟のようなもの――というのは、たとえばそれが「銀河鉄道の夜」のように、文字通り銀河系のモデルをかたどる凸レンズであったり、「風の又三郎」のように、風にガタガタ鳴る教室の窓ガラスであったりする。また小品「やまなし」のように谷川の底を写した「二枚の青い幻燈」、水中世界であったりもする。

そしてこれらの、作品の冒頭に仕掛けられたレンズや窓ガラスや水はいつでも異界への入り口であると同時に、そこにその異界の姿、あるいはこちらからは見えない彼岸の消息を映し出す幻想の装置の役割を果たしてもいるのではなかろうか。

たとえばこれから読もうとする『春と修羅』の冒頭の詩「屈折率」にも、七つ森のあたりの天空に不思議な光のレンズが見えている。いわばその光の妖しいレンズの先に（それを通して）開示される異空間、それが「わたくし」の歩み出す「屈折率」の世界なのだ。短い詩なので、全文引用しながら、そのことについて考えてみよう。

七つ森のこつちのひとつが
水の中よりもつと明るく
そしてたいへん巨きいのに
わたくしはでこぼこ凍つたみちをふみ
このでこぼこの雪をふみ
向ふの縮れた亜鉛《あえん》の雲へ
陰気な郵便脚夫《きやくふ》のやうに
（またアラツディン　洋燈《ラムプ》とり）
急がなければならないのか

この詩は末尾に「(一九二二、一、六)」という日付をもっている。一九二二年、すなわち大正十一年の真冬、この日賢治は何かの用向きがあって、小岩井農場へ向かおうとしていた。その途上のドキュメント＝記録がこの「屈折率」である。

賢治はおそらく当時の橋場線を使って、この日小岩井駅に降り立ったのであろう。七つ森は、小丘のような森を七つ連ねて、小岩井駅の南西に迫っている。秋田街道を右に折れ、そのルートである網張街道の方へ向かって彼は歩き出し、ふと過ぎてきたばかりの背後の七つ森の方をふり返った。するとそこに異様に明るい不思議な空気の層（水の中に沈んだような）天空から妖しい光の射しこむ風景が顕れる。二行目の〝水の中〟という措辞に注意したい。賢治には未刊詩篇に「気圏ときに海のごとくあり」という詩があるが、彼の想像力は、天空、気圏を、水中や海中のイメージで把握するようなところがある。たとえば「銀河鉄道の夜」には、「空気は澄みきって、まるで水のやうに通りや店の中を流れましたし」、街は「人魚の都のやうに見えるのでした」という描写がある。レンズや窓ガラスの向こう、水の中はときに天地を逆転させた夢幻的な異界なのである。「銀河鉄道の夜」のジョバンニの街は、この世にありながら、あの世でもある異空間に浮かぶ水中都市なのだ。その地上の街は同時に天上の天の川の水に浸《ひた》されてもいる。

詩「屈折率」にも、水の中、妖しい光の膜をくぐり抜けるようにしてその向こうへ歩み出す「わたくし」の姿がある。この詩だけではわからないが、同じ日付をもつ連作、次の「くらかけの雪」や、賢治詩の代表作「小岩井農場」を読めば、詩の中の向こうがとりあえずは小岩井農場であることがわかる。詩「小岩井農場」には「冬にきたとき」とか「冬にもやつぱりこんなあんばいに」といった、「屈折率」の真冬の小岩井行を想起するような、そのときの幻の影を追いかけるような詩句が随所に出てくる。ここにも過去と現在が交錯する二重の映像、重層化する記憶のモンタージュがあるといえよう。

ところでこの詩は、異様に明るい光に包まれた七つ森の方をふり返ることによって、何かしら過去に別れを告げる、それが新たな出発でもある一種の青春への決別の詩ではなかろうか。秋田街道の走る七つ森のあたり、そこはかつて『アザリア』の仲間たちとともにワイワイ騒ぎながら歩いた場所だ。いわば青春時のある高揚を生きた（あの「秋田街道」の夜歩きを、彼らは青春の〝馬鹿旅行〟と呼んだ）その象徴的な場所が七つ森なのだ。

けれども詩は、その七つ森の方をふり返りつつ、四行目、五行目で前途に行き悩み、雪道を「ふみふみ」足踏みをしているようにも見える。歩いてきた過去は天空からの明るい光に包まれている。けれどその未来、行く手には重い「亜鉛の雲」がたれこめていて、いかにも暗い。そこに末尾の「のか」の（「ふみふみ」に呼応する）微妙な「わたくし」のその向こうへのためらいがあるのではなかろうか。

隠されてある幻の目

詩「屈折率」を、さらに読んでみよう。

この詩は（あらゆる賢治作品の特徴でもあるのだが）とても映像的に描かれているように思われる。わずか九行の詩ながら、全体は三つの画面に分割できるだろうか。

まず最初に画面上方、右奥の方から、分厚い防寒着を身にまとった一人の男が雪道を難儀しながら歩いてくる。それはまだ半ば詩に現れない光景だ。二つ目のシーンは、その男が画面中央に来て、足踏みするように立ち止まり、いま自分が歩いて来た方をふり返る。それが、

七つ森のこつちのひとつが
水の中よりもつと明るく
そしてたいへん巨きいのに

の書き出しの三行だ。そこを小岩井の方へ曲がってきたとき七つ森の手前のあたりが、光が水の中に射しこんだように屈折しすこし歪んで、異様に明るく巨《おお》きく見えた、というのである。

そして次に男は、これから自分が歩いてゆく反対方向をふり仰ぐ。そこにはしかし、歩いてきた方向の明るさとは対照的に暗い「縮れた亜鉛の雲」がたれこめている。

三つ目の場面。これは詩のエンディングのむこう、これもまた半ば書かれていない空白のかなたに重い足を引きずりながら消えてゆく幻の男の後姿を映し出すのではなかろうか。

このように読んでみると、この詩は、詩の中の男（「わたくし」）の運動の軌跡とその時間の推移がとてもよく見えるように書かれている。そして男の運動と時間の推移が見えるために、ここではどうしても、画面の外側に場面全体を対象化する、幻の目が必要である。だがその目は、詩の中では隠されている。

こんな場面を思い描いてみる。この詩にはフレームの外側に隠されてある、画面には浮上しないもう一つの幻の目があって、たとえばその幻の観察者の目が遠くの少し小高い丘の上から、ひとりの男が歩いてくる場面全体を俯瞰的に見ている。つまりこの詩は画面には登場しない幻の観察者の目によって、詩の風景全体が吊り支えられている、と。

ところでなぜこの詩は、『春と修羅』の冒頭におかれたのか。詩集の序の最後に、次のような三行の詩句が刻まれている。

すべてこれらの命題は
心象や時間それ自身の性質として
第四次延長のなかで主張されます

つまり自分のこの心象スケッチ集『春と修羅』はみんな時空連続体としての時間の推移の軌跡が見えるその「第四次延長のなか」で書かれている。巻頭詩でそう賢治は主張しているかのようだ。「第四次延長」については、その意味するところについて研究者の間でも種々議論のあるところだが、ふつうわれわれの住む三次元世界に時間を加えた四次元空間を指すと考えられている。次のようないい方もある。「われわれの住む三次元空間は、非常に広い四次元空間を二つに分けている切り口である」(都築卓司『四次元の世界』講談社ブルーバックス、二〇〇二)。たとえばその四次元空間の「切り口」=断面が、わたしたち人間の目に見える現世であるともいえる。別のいい方をすれば、この四次元空間の「切り口」こそが隠された世界＝異界への入口だともいえようか。

すなわち、詩「屈折率」が『春と修羅』の冒頭におかれているのは、ここに賢治が序で主張した世界観＝認識のモデルがあるからだとは考えられないだろうか。

もう一つ。この議論とも関係するが、この詩の謎の一つは、八行目の括弧に括られた、

（またアラツデイン　洋燈《ラムプ》とり）

にある。誰がいったい、この言葉を呟いているのか。この声は、どこからきたのか。

この行の直前に「陰気な郵便脚夫のやうに」という小論のテーマにとって看過できない比喩がある。だがこれは比喩という以上に、詩の中の「わたくし」の願望そのものが呼び出した姿ともいえようが、ところでここにいまあの隠されてある幻の目を想定すれば、この詩はその幻の目と詩の中の「わたくし」とのいわば瞬間的な感応力において成り立っている。詩の外側にあるものからの感応力が、そこに瞬時「わたくし」の変身した姿としての〝郵便脚夫〟を呼び出し、ここに括弧の中の不思議な声を呟かせているのではないか。すなわちこの声は「第四次延長」の、その隠された次元の方からやってきたのではないか。

三次元世界に突然侵入してくる四次元世界からの声。この括弧の声を、そうわたしは読んでみたい。

そしてこれはおそらく、この詩のみならず、まだあまりあきらかにされていない賢治作品の構造の大きな謎を語るものである。いずれにしてもこの詩においてわたしたちは、アラジンの魔法のランプ（それはそれを手に入れたものの願いが叶う「幸福」の象徴でもあろう）を求めて半ば〝郵便脚夫〟に変身しながらかなたの暗い雪空の下へ重い足取りで消えてゆく幻の男の後姿を目撃するだろう。

このあとこの男にどんな運命が待っているのか（それこそがその後の宮沢賢治の生涯といってもいいのだが）――だがそれはまだ誰も知らないのだ。

宿命の姿に出会う

詩「屈折率」を受ける形で、ここでは小論のテーマである〝郵便脚夫〟に、もうすこしこだわってみたい。賢治作品にはじめて〝郵便脚夫〟が出てくるのは、次の短歌においてである。

岩鐘のまくろき脚にあらはれて
稗のはた来る
郵便脚夫

宮沢賢治の表現活動は、盛岡中学のちょうど十年先輩の石川啄木の影響を受けて、短歌から始まった。もっとも古い明治四十四（一九一一）年、賢治が盛岡中学三年のときの歌に、

ひがしぞら
かゞやきませど丘はなほ
うめばちさうの夢をたもちつ

がある。これは「うめばちさう」が物語の隠れた焦点になっているのちの「鹿踊《ししおど》りのはじまり」を連想させるものである。この歌もそうだが、冒頭の歌の三行分かち書きも、あきらかに啄木の影響によるものだろう。

ここでは、〝郵便脚夫〟が出てくる「岩鐘の…」の一首に注目したい。

この歌は、どんな場面を描いたものだろう。歌意は、一行目、岩鐘＝吊り鐘の形をした山裾に怪しい黒い影が顕れた。二行目、その影は稗の畑を横切って、いっさんにこちらへやってくる。はて、誰だろう、と思って見ていたら、三行目で、なあんだ、あれは郵便屋さんじゃないか、といったところだろうか。

もうおわかりだろうが、この歌の描く場面は、じつは詩「屈折率」と構造がとてもよく似ている。この歌にも、やはり、歌に描かれた作中の画面には登場しない幻の目があるのだ。描かれた場面としては、すこし小高い丘のうえから山の方を遠望していたら、その山裾に湧き出すようにふと黒い影が顕れた。その影を、誰だろう、何だろう、と好奇の目をもって追いかけている、こちらからは見えない幻の観察者の目が、ここでもひとつの影を追いかけて、描かれた画面とともに動いている。この歌も詩「屈折率」と同じように、その男の運動の軌跡と推移する時間がとてもよく見える構造になっている。

いまこの岩鐘が七つ森だとはいわないが、仮に七つ森であってもいい（七つ森も吊り鐘の形をした山である）。わたしはこの歌を読み、そこに詩「屈折率」を重ねてみたとき、こんなことを空想する。賢治はいま、この歌において、のちの自分の文学、あるいは文学的使命の核を成すイメージ、すなわち〝郵便脚夫〟という、その宿命の姿をしたものがふいに青暗い山裾のむこうに顕れ、いっさんにこちらへ向かって歩いてくる、そういう場面に立ち会っているのではないか、と。この歌が詠まれたのが、大正六（一九一七）年。詩「屈折率」は、大正十一年。歌が詠まれて五年後の「屈折率」では彼は七つ森を背後にふり返りつつ、小岩井農場の方へその暗い雪空の下に消えてゆく「わたくし」の姿を、「陰気な郵便脚夫のやうに」と形容する。むしろここではそれをメタファ（隠喩）、その原義でもある境界を超えて向こう側へ渡る（その影が運ばれてゆく）その怪しい影のメタモルフォーズ（変身）した姿といういい方をしてみたい。メタファの元になったギリシャ語のmetaphoraには、そのものとつかず離れず境界を越える、異界や別次元へ運ばれてゆく、といった意味がある。この場合の別次元とは、どこか。それはもしかしたら、賢治世界にあっては、この地上を超えた、銀河のかなたまで続いているはるかな天上への道かもしれない。それはともかく、ここにも幻の目を孕《はら》んだ——その幻視に映る怪しい二重身の影の蠢《うごめ》き（たとえば「銀河鉄道の夜」のジョバンニとカムパネルラのような、あるいは賢治の内なる影〝修羅〟のような）があるだろう。

さきに触れた若き日の七つ森の曲がり角に隠れていた薄明のあの怪しい影は、すでに大正六年のこの短歌の中にうずくまり、あるいはこの歌においてその山裾からふいに黒い影となって動き出したのかもしれない。詩「屈折率」はこの短歌の延長線上にある。

こう書いてきて、わたしがいま思い出すのは、「銀河鉄道の夜」の第五章「天気輪の柱」の場面だ。街の十字路でクラスメートのいじめに遭い、そこから逃れるように街外れの天気輪の丘へ駈けて来たジョバンニは疲れて「どかどかするからだ」を草に投げ出し、はるかに眼下の街あかりや黒い野原の果てを眺めやる。するとその「遠く黒くひろがつた野原」の果てから夜汽車が顕れ、一列不思議な光の帯を残して、また野原の闇の中へと消えてゆく——。

この夜汽車は、どこへ行くのか。

野原の果てから顕れた夜汽車はそのままジョバンニの悲しみを乗せて現実と非現実の裂け目へ走り去ってゆくように思われる。そして短歌ではおそらくその同じ異次元の裂け目、あの青暗い山裾の陰からふいに湧き出すように賢治の目にいま幻の〝郵便脚夫〟の姿が顕れた。この歌は、そのような白日夢にも似た幻視のドラマの賢治の隠された（のちに「銀河鉄道の夜」のジョバンニが荷うことになる）遠い宿命を語っているように思われるのだ。

詩「春と修羅」

修羅という名のキメラ

〝郵便脚夫〟と並んでこの小論の柱をもう一つ建てておきたい。それはキメラとしての《宮沢賢治》を追いかけること。

キメラといっても聞き慣れない方もあるかもしれない。キメラ（chimere）とは、もともとは生物学の用語。ギリシャ神話に出てくる、ライオンの頭、羊の胴、蛇の尾を持つ火を噴く神話上の怪獣である。すなわちこれは、種々の動物の異なった遺伝子の共存から成る一種の〝混成生物〟とでもいったらいいか。

今回、この文脈でのべてみたいことは、少しややこしいいい方になるが、賢治の存在認識、あるいはその生命観、さらにいえば特異な主体のその在り方、というようなことである。

賢治はたとえば自己の存在を規定して、詩「春と修羅」の中で、

おれはひとりの修羅なのだ

と名のりをあげた。修羅とは、何か。仏教の六道輪廻《りんね》の世界観からすれば、それは人間世界からは顛落したものの、別世界・別次元でのいのちの顕れである。心象スケッチ集『春と修羅』序で「(あらゆる透明な幽霊の複合体)」とのべたあの「幽霊の複合体」は、そのままここでいう別次元に顕れた修羅の相を語っている。

修羅は元は仏教を守護する善神、のちに諸天に闘いを挑み、ついには闘いに破れ海底に封じこめられた悪神である。出自の高貴さと、その反動としての鬱屈した卑小さを生きるきわめて複雑な神である。賢治は、その高貴にして卑小な修羅の相に自己の姿を投影し、またそこに当時の進化論から受けたヴィジョンを重ねるようにして、蛇や竜、あるいはどこか青黒くもやもやしたキメラ的な爬虫類の蠢きをイメージしていた。別言すれば、そういう異界の怪物的なものの蠢きをたえず自らの生体の中に強く感じながら生きていたということでもある。ここではそういう彼の存在認識の迷彩的な蠢きを「修羅という名のキメラ」と呼んでみたいのだ。

たとえば「春と修羅」の三、四行目に、次のような詩句がある。

のばらのやぶや腐植の湿地
いちめんのいちめんの諂曲《てんごく》模様

この藪におおわれた、陽のあまり射さない「腐植の湿地」を、青黒い修羅という迷彩的な生きものはいま怒りに燃えてさまよっている。これがこの詩の映像的な図柄だ。ところでここに「諂曲模様」という異様な言葉が出てくるが、これも仏教用語。事実を歪めたり、こころにもないことをいって相手に媚びたりへつらったりすることをいう。ここでは自分のこころの内側がいまそのように醜く歪みねじくれた状態にあることを、湿地のからみ合った「のばらのやぶ」に重ねるようにして語っている。

と同時にここでの詩人の想像力は、この「腐植の湿地」にカビやコケなどの蘚苔《せんたい》類がいちめんにはびこっている様をイメージしてもいるだろう。カビ（黴）は株と同語源の言葉である。それははびこり増殖するものの謂である。するとこういうことになる。賢治の想像力は地面から地下世界、土壌の中にまで及んでいて、そこでは何億という目に見えない微生物が活発な活動をしている。「腐植の湿地」とは、そこまで想像力を拡げればまさにそのような微生物等を含む旺盛な生命力の醸成される場所、どこかあの腐植土（フィーマス）につながるイメージを持っている。そして唐突だが、この詩の地上と天上を「ゆききする」修羅の激しい飛翔のドラマを考えれば、この「諂曲模様」にはおそらく〝天国模様〟の意味も懸けられている（この点に関しては、友人でもある賢治研究家の大塚常樹から示唆を受けた）。すると二行目に出てくる「あけび」や三行目の「のばら」は、その〝天国模様〟を織り成す楽園の天上の果実、天上の花ということにもなろう。この詩には（この詩に限らないのだが）見え難いかたちでたえず楽園願望のイメージが動いている。

ところで、こういう地面の下、土中の微生物にまで及ぶ想像力（むしろ異様な、病的な透視力）は、近代詩では、萩原朔太郎『月に吠える』（大正六年）所収の、たとえば、「竹」や「ばくてりやの世界」などにみられるものだが、「春と修羅」が持っている、天‐地‐地下世界を巡る壮大な生命サイクルのイメージは朔太郎にはない。これは近代詩においては賢治詩、とくにこの「春と修羅」においてはじめて顕れたものである。

進化論をなぞり展開

詩「春と修羅」は、

　　心象のはひいろはがねから

と書き出される。

「はひいろはがね」は「心象」のイメージ。これもまた冷えて、硬く、ねじくれたこころの状態を語っている。この対極には、たとえば「銀河鉄道の夜」第六章「銀河ステーション」の冒頭近くにある「いま新らしく灼《や》いたばかりの青い鋼《はがね》の板」というような鮮烈なイメージが対応しているだろう。

これは、銀河鉄道が走り出す直前、ジョバンニが入眠する直前の「天気輪の柱」とその場の時空間の変貌を語る場面だが、「春と修羅」のこの冷えた鋼の心象に対して、ここではいま新しく灼いたばかりの燃えるような鋼のイメージが、物語の主人公ジョバンニの生体の変化（あるいは入眠による擬似的な死）と、その結果として彼を異次元へ、銀河鉄道の走る星空へと運びあげる時空間の変容を促す触媒のような役割を果たしている。ここでは「青い鋼」が、ジョバンニのいのちが新しく灼かれて何か別のものへ変化したことを語ってもいるのである。

ところで、「春と修羅」のこの「はひいろはがね」、あるいは冒頭の一行全体は、わたしたちがこの詩の世界に入ってゆくための、やはりあの妖しいレンズ――「屈折率」を伴った――これもまた一種の触媒でもあるのではなかろうか。一行の末尾の「から」は、動作・作用の起点を表す助詞だ。この「から」から、「心象のはひいろはがね」という冷えて硬く鉱物化したこころのレンズ、ある種の物理的触媒作用を通して、その先に変化や変成を促された（それを賢治は「mental sketch modified」と呼んだ）どんな未知の世界がたち顕れてくるか、それが二行目以下で展開されるこの詩のドラマなのだと読むべきだろう。

さきにのべたように第一連は「腐植の湿地」をさまよう修羅の姿を描いている。その第一連の中程で、詩のラインは激しく上下し、にわかに荒い呼吸の波を打つ。悶えるような波動を描く。天空（春の光）に対する修羅の憧れと、そこから反転して地に突き落とされる悲しみが、その間を「はぎしり燃えてゆききする」。

この詩はすなわち天と地をゆききするものの激しく異様な迷彩的な影の蠢き、あるいは息づかい、こちら（人間世界）からは見えないものの、いわば隠された陰画の世界のドラマなのだ。このとき表題の「春」と「修羅」は、対立概念ではない。「春」は生体のリビドー＝性衝動を呼び覚ますエロスそのもの、あるいはエロスの芽生えの季節の表象でもある。大塚常樹は「《性》と密接な関係をもつ《修羅意識》との闘争」が、この詩の重要なテーマの一つだとのべている（『宮沢賢治 心象の宇宙論《コスモロジー》』朝文社、二〇〇三）。たとえば詩の前半に「唾《つばき》し　はぎしり」などとてもなまなましいエロティックな詩句が出てくるが、ここではその横溢するエロスの噴出と怒りに悶える異様な生命力の昂揚が、詩のライン（修羅の呼吸）を激しく波打たせているのだともいえよう。

そしてこの詩のドラマは、第一連の後半で起こる。修羅のさまよう迷彩的な影のような舞台に、突然、一人の農夫の姿が現れる。ネガがポジに反転しそうになるのだ。このとき修羅は、その見知らぬ農夫に対して、

ことなくひとのかたちのもの
けらをまとひおれを見るその農夫
ほんたうにおれが見えるのか

と激しくいら立ちに満ちた声をあげる。いったい何が起こっているのか。

ここでいう「ことなく」とは、異《こと》なく、異常なところのない、ふつうの人、という意味。あきらかに修羅の対極にある言葉である。ところでこの農夫に、〝ほんたうにおれが見えるのか〟と問うことは、おれはもう人のかたちをしたものではなくなっている、こちら側の世界、人間たちの世界からは頽落した見えないものになっているという修羅のねじくれたキメラ的意識の顕れでもあろう。と同時に、ここには、多くの研究者の指摘があるが、宮沢賢治に生涯つきまとう一種異様な（〝修羅〟の出自にも通い合う）〝選民意識〟のようなものもうかがわれる。

ともあれこの突発的な高揚した怒りの発作は、次の場面で修羅を、

（かなしみは青々ふかく）

と「気圏の海のそこ」へ突き落とす。そして詩はここからいきなりその奔騰する悲しみをエネルギーとして「青ぞらを截る」ように真っすぐに天空に飛び立つ一羽の鳥の姿を描き出す。童話「よだかの星」のクライマックスがここでも演じられているのだ。

いわば修羅、地を這うキメラ的な爬虫類の蠢きから「聖玻璃《せいはり》の風が行き交《か》」う天空の鳥へ。これが第一連から第二連に至るこの詩のドラマなのだ。

このようにみてきてわかるように、この詩は全体としてたぶんにダーウィンの進化論のイメージをなぞっている。わたしたちはここであの「心象のはひいろはがね」を通して、そのレンズの向こう側

に、修羅の嫌悪すべき内なる影の蠢きでもある恐竜や爬虫類の跋扈する石炭紀やジュラ紀の世界へ連れ出されることになる。

「R複合体」のドラマ化

爬虫類から鳥へ、という第一連のドラマを受けて、詩「春と修羅」第二連は、さらに驚くべき世界を描き出す。その全行を引用しよう。

あたらしくそらに息つけば
ほの白く肺はちぢまり
（このからだそらのみぢんにちらばれ）
いてふのこずゑまたひかり
ZYPRESSEN いよいよ黒く
雲の火ばなは降りそそぐ

何が書（描）かれているのか。
地上、あるいは古生代石炭紀あたりの「腐植の湿地」をさまよう爬虫類、さらには恐竜のイメージから、やがては天空の鳥へ。このとき、第一連の末尾に顕れる「鳥」は、賢治にとってあきらかに修羅的なものからの脱出、再生、さらには浄化のシンボルである。「あたらしくそらに息つけば」は、その修羅的なものからの浄化の光への、あるいは天上的なものへの再生の願いをこめた心身解放の歓びを語っている。そしてその直後に、

（このからだそらのみぢんにちらばれ）

という、よく知られたあの激越な叫びがくる。ここは、自分の生体を激しく燃焼させる、いわばいのちを宇宙の微塵《みじん》に還してやる、賢治のときに「焼身幻想」などといわれる場面《シーン》である。

あるいは次のようないい方もできるだろうか。燃焼とは、酸素と他の分子が化学反応を起こすことだ。その意味では、腐蝕や腐敗も、一種の燃焼である。賢治が『春と修羅』序で「わたくしといふ現象は／仮定された有機交流電燈の／ひとつの青い照明です」とのべた、この「有機交流電燈」にも有機体の細胞のたえざる明滅（細胞分裂）、燃焼のイメージが動いている。たとえば細胞分裂は生命体維持の基本原理であり（それは同時に「死」の原理でもあるが）、その結果、そこに新たな物質が生まれたり、さらには別のものへの生命の転身の可能性を生きるエネルギー変換が起きたりする。

第二連の後半三行は、そのことを踏まえて書かれている。ここでは身体の爆発（生体の燃焼）、一種生体の激越なビッグ・バンにも似た熱エネルギーの物質の相転移が起こっているのだ。詩の中に出てくるドイツ語ZYPRESSEN（ツィプレッセン）とはZYPRESSE（サイプレス）の複数形で、糸杉のこ

と。ここはかねてからゴッホの影響が指摘されるところである。その天空に向かって燃えたつように林立するいちょうや糸杉のうえで、にわかに黒雲が湧き出し、さらには雷鳴を伴って、地上に火花とともに激しい豪雨が降り落ちてくる。おそらくこの湧き立つ黒雲、雷鳴の中には、あの修羅、その内なるキメラ的な蠢きでもある竜、分子化された荒ぶるドラゴンのイメージが隠れてもいるだろう。

こうして天空から雨が降り落ちてくることで、地上の植物や動物たちはまた息を吹き返し、あるいは一層繁茂するだろう。つまり冒頭の「心象のはひいろはがね」という、冷えて硬まった鉱物のイメージから始まったこの詩は、数千万年、数億年の時を遡《さかのぼ》りながら、最後は火と水のスパークする雷雨のイメージに相転移し、激しい豪雨となって地上に降りそそぎ、また冒頭の「腐植の湿地」に還ってくる。この詩の世界はいわば四大のエレメントを循環する。

同じ『春と修羅』所収の詩「真空溶媒」には、この詩につながるようなイメージとして、

おれなどは石炭紀の鱗木《りんぼく》のしたの
ただいつぴきの蟻でしかない

という一節もある。賢治作品にふれるとき、わたしたちはときにこの石炭紀の蟻のスケールにまで縮小したり、また鳥となって天空を飛翔しそこでバーズ・アイの視界を獲得したり、ときには巨大恐竜の跋扈する古生代石炭紀の鱗木の林の中を咆哮をあげてさまよったりしなければならない。むろんそ

んなことは現実には不可能だが、賢治の想像力は自らの生体のたえざる変成や変化においてその不可能性の記憶をなまなましく生きようとしている。

「修羅という名のキメラ」とは、このような細胞のたえざる明滅・燃焼を生きる生体のメタモルフォーゼと複合体のイメージの蠢きでもある。「それはこの〈死〉が、なにかのかたちで、くり返すことの可能な死であることを暗示している」（見田宗介『宮沢賢治——存在の祭りの中へ』岩波書店、一九八四）ともいえよう。

アメリカの宇宙科学者カール・セーガンは、わたしたちの脳の中にはその進化の途上の各段階の生物であった時の記憶がその襞《ひだ》々に組み込まれている、とのべている。とくに「R複合体と呼ばれる脳の一番奥の部分は恐竜の脳の働きをしている」という見解は、今では広く受け入れられている（『エデンの恐竜——知能の源流をたずねて』秀潤社、一九七八）。

これは賢治の死後半世紀を経た、いわば二十世紀末の最新の分子生物学の驚くべき知見であるが、詩「春と修羅」はまさにこのセーガンのいう「R複合体」というわたしたちの脳の最古層に蠢いているものを地質学的な想像力の中でなまなましくドラマ化したものといってもいいだろう。

詩「蠕虫舞手《アンネリダタンツエーリン》」

ボウフラの映像記録

「修羅という名のキメラ」というタイトルで、詩「春と修羅」について書いていたとき、たえずわたしの脳裏をかすめていたのは、「蠕虫舞手《アンネリダタンツエーリン》」という詩であった。この詩も『春と修羅』の中に入っている。そのユニークなタイトルが知られている割には意外に論じられることの少ない詩だが、けれどおそらくこれは宮沢賢治でなければ書けない、賢治詩の代表作といってもいいものだろう。

表題の蠕虫、アンネリダ（Annelida）とは蠕形動物の学名。タンツェーリン（Tanzerin）はドイツ語で、女性ダンサーのことをいう。この詩の背景だが、これは花巻の賢治の生家の庭にあった手水鉢の水の中で、くねくね身を躍らせるボウフラを女性ダンサーに見立てて描いたものだといわれている。

詩は、

（えゝ　水ゾルですよ

おぼろな寒天《アガア》の液ですよ）

と書き出される。〝水ゾル〟とか〝寒天《アガア》〟は、どろんと白く濁ったたまり水の形容であろう。詩の中の「わたし」はいまその庭の手水鉢の縁《へり》にでも腰かけて、庭石の窪みにたまった濁り水を見ている。それがこの詩の情景だろうか。そこに「日は黄金《きん》の薔薇」、ときどき太陽の光が明るく射しこんでいる。そしてそのたまりの水の中では、

赤いちひさな蠕虫《ぜんちゆう》が
水とひかりをからだにまとひ
ひとりでをどりをやつてゐる

ボウフラをうたった詩は古今東西においても珍しいのではないか。それもかくもボウフラを讃美したかにみえる詩となると、これはもう空前絶後、一般に下等生物とみなされるボウフラの方も本望というものだろう。それはともかく、この詩からわたしはいつも「春と修羅」の「腐植の湿地」を連想する。一方はじめじめと湿った藪の中の土壌（湿地帯）が舞台、一方は庭石の窪みにたまった濁り水が舞台だが、その土や水の濁り、腐敗は、ともに微生物が旺盛に繁殖する生命発生の醸成地（池《プール》）である。この詩にはじつはそのことに驚いている（こんな濁り水にもこんな美しい生きものがいる）、

あるいはそのことに何かしら深い生命の神秘を感じている詩人の目がある。
実際、この濁り水の中には、「羽むしの死骸／いちゐのかれ葉」「ちぎれたこけの花軸など」が沈んでいる。動物や植物の死骸を夥しく沈殿させ、それがさらに無数の微生物によって分解され発酵し、このたまり水自体がいわばさまざまな生きものの生と死を無限に孕む一つのコスミックな世界を形成している。この詩の「わたし」、観察者の位置にいる者には、そのことに対する深い感動があるのではなかろうか。

賢治の目はいったいどこまで遠くを見ていたのだろうか。

原始の海が地球上にさまざまな生命を育んでゆく水のゆりかご、「熱いうすいスープ」（佐藤磐根編著『生命の歴史―三十億年の進化のあと』ＮＨＫブックス、一九九四）であった頃までその目は遡っていたのではなかろうか。いやその原初の生命体としての細胞の記憶の中に賢治はなまなましく生命進化のプロセスのキメラ的な蠢きを日々深く実感しながら生きていたのではないか。この文学はそういう文学だ。このとき賢治の「修羅」意識とはたとえば進化の過程を生き延びてきたその複層的な生命相のある段階の迷彩的な顕れではなかったのか。誰でも（いかなる生きものも）この進化の途上の迷彩的な顕れを生きているのだ、と。

さらに、この詩の画期的な新しさ、あるいは面白さ。それは水中のボウフラの踊りを、この観察者が上方からあたかも瞬間瞬間のその姿態を記録するかのようにして映像化、あるいは文字映像として

撮影していることである。この詩の中にはくり返し、

δ《エイト》 γ《ガムマア》 ε《イー》 σ《スイツクス》 α《アルフア》

というギリシャ文字が顕れる。ここでわたしたちはボウフラの姿態の（それをギリシャ文字や女性ダンサーの踊りに見立てた）明滅する五枚の映像写真を見せられているのだといってもいい。あるいはこれを連続した映画の一連のコマ送り映像にたとえてもいいだろうか。

奇しくも賢治の生誕年は、フランスのリュミエール兄弟による映画元年でもあった。よくいわれることだが、あるいは同時期のエックス線の発見（一八八九年）や、二十世紀に入ってからのフロイトの潜在記憶の分析や意識を抑圧的な層構造として把握するような無意識心理学の流行などの直接的・間接的な影響が、ここにはあるかもしれない。あの「やまなし」も、

小さな谷川の底を写した二枚の青い幻燈です。

と書き出されていた。ここにもじつは「幻燈」という言葉が語るように映画のまなざし、「蠕虫《アンネリダ》舞手《タンツエーリン》」と同じような構造、水底の宇宙を覗き見る幻の観察者の目、この時代の光学機器が見せてくれる妖しいレンズの目を通して得られる身体感覚の著しい変容や異次元（未知なる世界）への強い興味と憧れのようなものがあるだろう。

Ⅱ

どんぐりと山猫

魔法のかかった時間

「どんぐりと山猫」に、ルイス・キャロルの『不思議の国のアリス』の影響がないか、どうか。冒頭部分に出てくる「山猫のにやあとした顔」には、耳もとまで口が裂けるほどにんまり笑っているあのチェシャ猫の影響があるともいわれている。「どんぐりと山猫」が収められた童話集『注文の多い料理店』（大正十三年）には賢治自筆の広告ちらしがあるが、そこには「少女アリスが辿った鏡の国と同じ世界の中」という一文が出てくる。彼が『鏡の国のアリス』を読んでいたとすれば『不思議の国のアリス』の方も読んでいたにちがいない。

というのも、このたび矢川澄子訳（新潮文庫、一九九四）で『不思議の国のアリス』を読み返していて、「どんぐりと山猫」との類似点がいろいろ気になった。まずそのことを書いてみたい。

『不思議の国のアリス』は冒頭に、「ものみな金色にかがやく午下り《ひるさが》」という詩句が置かれている。眠くなるような夏の昼下がり、語り手の「わたし」が三人の少女に囲まれていいささかうっとりしながら彼女らに「おかしなはなしをして」と迫られるというのが、この物語の構図である。その冒頭の詩の第四連には、こんな詩句もある。

一同はなしにひきずりこまれ
夢の子のあとを追ってさまよう
見たこともない不可思議千万の国
鳥けものともむつまじくことばを交し——

こうしてゆっくり「打出の小槌」を振り「おかしな事件を打ちだすようにして」、この『不思議の国のアリス』の物語はできたと冒頭の序詩はその顚末を語るのである。

よく知られているように『不思議の国のアリス』の冒頭には、異次元へのタイムトンネルのような「ウサギ穴」が出てくる。ウサギを追いかけ生垣の下にあるその大きな巣穴に飛びこむことによってアリスの異界での冒険は始まるのだが、その直前、この一匹の白ウサギが「たいへんだ、たいへんだ、遅刻しそうだ！」と呟きながら、アリスの横を通る。ウサギがものをいっている、人間の言葉を呟いている。だが「アリスはべつにふしぎだとも思わなかった（あとから思いかえせば、これでおどろかない方がどうかしてると思ったものだけれど、そのときはまったくあたりまえのことみたいな気がしてね）」と語り手はどこか言い訳でもするように、アリスの気持ちを代弁しながらそう語っている。

けれどここには、ささやかな作者の仕掛けたトリックがあるのではなかろうか。そのあとウサギがチョッキのポケットから時計を取り出して、時刻を確かめる。それはむしろ通常の時間が無効になる、ここから魔法のかかった時間が流れ出す、その合図のようなものだ。物語の入口である「ウサギ穴」はその先にあいているのである。

ところで賢治作品「どんぐりと山猫」における「ウサギ穴」は、あの「おかしなはがき」ではなかろうか。異次元へのタイムトンネルの「穴」はこのはがきの中にあいている。「どんぐりと山猫」は一人の少年がこの「おかしなはがき」の異界のトンネルへ入ってゆく物語である。

ある土曜日の夕方、山猫から、「おかしなはがき」がかねた一郎という少年の許《もと》へ配達される。山猫からはがきがくる。アリス流にいえば、これで驚かない方がどうかしている。けれどこの子は「まったくあたりまえのことみたい」にそのはがきを受け取り、それどころかそれをそっと学校のかばんにしまい、それからもううれしくてうれしくて「うちぢゆうとんだりはねたり」するのである。「おかしなもの」をおかしなままに受け取る、それを面白がって受け入れる。これがじつは賢治文学の、あるいはイーハトヴ童話の、魔法の扉を開く法ではなかろうか。賢治も童話集の序文に書いていた。これらのお話には「なんのことだか、わけのわからないところもあるでせうが」、みなさんはどうかそんなところもそれをそのまま受け取って下さい、と。この「そのまま」とはどういうことか。

おかしなはがき、それをこの序文の言葉を借りて「なんのことだか、わけのわからないはがき」といってもいい。そのおかしなはがき、わけのわからない（人間世界の合理や常識には合わない）はがき、山猫から来たそんなはがきを、この子はとても喜んで受け取ったのだ。理性的に判断すれば、第一山猫からはがきがくるか、そんなことはありえない、ということになるだろう。だがこの子はそれを疑わなかった。面白がって当たり前のように受け取った。「わけのわからないところ」を「そのまま」受け取ったのである。ここがこの物語の分かれ道、ターニングポイントだ。こうしてわたしたちもこの「夢の子」に導かれるようにしてこれまで「見たこともない不可思議千万の国」に入ってゆく。森の奥のどこにもない国で「鳥けものともむつまじくことばを交」す。それがすなわち、この子、かねた一郎の入って行った「山猫ワールド」だといってもいいだろう。

ところで、このはがきには、

あした、めんどなさいばんしますから、おいでんなさい。とびどぐもたないでくなさい。

と書いてあった。これは何のことか。

このおかしなはがきは、「どんぐりと山猫」だけでなく、この童話集全体の入口にあたかもそこへ入ってゆくための扉のように置かれている。ここはそうみなければならないのではなかろうか。あるいはそれは、かねた一郎への、そしてこの童話集を読むわたしたち読者への山猫からの不思議な招待状のようなものになっている。賢治はこのはがきに、この童話集全体のトリックを仕掛けた。だからこのトリックの仕掛けは「どんぐりと山猫」と童話集全体の二重になっているのだ。その文脈で右の一文を考えなければならない、とわたしは思っている。だがそれにしてもここにいう「めんどなさいばん」とは、何か。文中の「とびどぐ」とは、たんに鉄砲や弓矢の類のことをいうのだろうか。けれども「どんぐりと山猫」の男の子はそんなことよりもなによりもいまはただ山猫のにやあとした顔を考えたりしながら、自分が招待された山猫のいる世界を、何か途方もない楽しいことおかしなことが起きる不思議な夢の国かお伽の国のように空想している。まるで遠足へ行く前の日の子どものようだ。

このとき「おかしなはがき」のこの「おかしし」は、物語の、いやこの童話集全体のたぶんキーワードになるだろう。さまざまに説明を要するだろうが、この物語の成否も、あるいは謎も、この一語にかかっているといってもいいほどだ。たとえば「おかし」は漢字で書けば、奇《おか》しとも可笑《おか》しとも書きうる。意味としては、不思議なことだ、奇妙なことだ、とも、(だからこそ)面白いことだ、とも取りうる言葉だ。ここでは「おかしな」ことをこの子のように面白いことだ、と思う。あるいは奇《おか》しなことだからこそ面白いことだとして少なくともこの子はそのはがきを受け取った。それが物語の扉を開くのだ。仮にこの子が、この「おかし」を、不審なことだ、ありえないことだ、これはきっと誰かのいたずらなのだ、と解釈し、はがきを受け取らなかったら、この物語のワンダーな世界への魔法の扉は開かれない。「おかし」は、その境い目に置かれたキーワードなのだ。ともあれこうしてこの子が「おかしなはがき」を受け取ったときから「どんぐりと山猫」の世界は「ものみな金色にかがや」

き出した。このはがきによってこの子とともに、山猫ワールドの不思議な魔法のかかった「おかしな」時間が動き始めたのだ。

ざわめきの消えた森

山猫ワールドからやってきたあの「おかしなはがき」とは、それ自体がそこに棲む動物たちへの、植物たちへの、あらゆる生きものたちへの交感（感応）の通路を開く魔法のはがきでもあるのではなかろうか。あるいはそれはこの童話集の扉のようなものだ、と。

「鳥けものともむつまじくことばを交し――」『不思議の国のアリス』の冒頭にあった詩句が、ここでもまた蘇る。ここでは、その子が森を通ってゆくときの異界への通路の開き方をみてみたい。そもその子、かねた一郎は森を通るとき、なぜ栗の木に、笛ふきの滝に、きのこに、そして栗鼠《りす》にあいさつするのだろうか。舞台はどこか縄文的雰囲気を感じさせる森である。だからたとえばあいさつするのはブナでもよさそうなものだが、同じように別の動物、別の生きものでもよさそうなものだが、ここではそう書かれていない。

なぜか。

推測するしかないのだが、作者はここでこの森の生態系を代表するものとして、これらの生きものたちを選んだ。たとえば植物の代表、動物の代表、菌類や地衣類の代表、そして笛ふきの滝は「なめとこ山の熊」の山のようにこの森を豊かに水がめぐっていることを語っている。「なめとこ山の熊」の冒頭、「なめとこ山は大きな山だ」の「大きな」は、この山が生きものたちにとってはとても豊かな山だと暗に語っている。これと同じようにこの山猫の棲む森もいろいろな生きものが生息するとても豊かな森だ、あるいはその生態系（水）の循環がとてもうまくいっている森だと、作者はここで語っているのではないか。そういう森への人間の側の深い畏怖の念、そしてどこかそういう森を通ってゆくことの通行許可証をもらうような儀礼的なあいさつがここで描かれているのではないか――。

　ところでしばしば耳にするいい方だが、賢治文学は、所詮子どもの文学だ、という人がいる。あるいはこれは童話だから、賢治文学では、動物たちが、植物たちがものをいう、人間のような言葉を話す、そんなことはありえないことなのに、という人もいる。だがこれはまさに合理、あるいは「意味」に憑かれた人間の側のきわめて勝手なかつ常識的なものいいだろう。むろん、それが悪いわけではない。けれども、ここに賢治童話の試み、むしろ未知の試練がある、とわたしは考える。そんなことはありえないということ、だからこそそんなことがありえている、そんなことが起こっているこの物語世界の「おかしさ」、奇妙さ、不思議さ、わけのわからなさ、このワンダーな事態に、わたしたちは驚くことができるのか、あるいはどう驚くことができるのか。そういう試練がここにはあるのだ。あの「おかしなはがき」は、そのような合理、常識、意味を剝ぎ取るはがきでもあったのだ。これを童話だからといってしまっては、ここでのすべての謎が消えてしまう。

人でないものがものをいう。それを仮に擬人法と呼んでもいいだろうが、賢治文学、あるいはここでの擬人法はするとむしろ動物たちや植物たちに言葉や声を与えることによって、擬人法の、その別名でもある人間中心主義を相対化する、これはそれをその内側から過激に食い破る法でもあるのではなかろうか。擬人法とはもっとも悪しき人間中心主義の露骨ないい方だろう。わたしには、賢治文学はそのことへの過激な挑戦のようにみえるのだ。

いずれにしても、わたしたちは熊がものをいい、鹿がものをいったりすることにやはり十分驚かなければならない。そんなことはありえないことだ、と思ってもいい。だからこそ宮沢賢治は童話集の序文で、これらのお話は風から、虹や月あかりからもらってきたのだと書きつつ、さらに言葉を継いで、山の風の中に立ち、林や野原で月の光を浴びていたりすると、「もうどうしてもこんな気がしてしかたない」「こんなことがあるやうでしかたない」ということをわたくしはその通り書いたまでだ、とくり返しのべるのではなかろうか。これはたんなる書法上のレトリックでもましてや読者に対する弁明の言でもない。まさにそのようなありえないことがここで起こったのだ、あるいは起こりうるのだ、という賢治自身が体験した奇蹟のような出来事の報告であり、だからこれはあのかねた一郎のようにこのワンダーな事態を面白がって不思議に思って、そのままその通りに受け取るべき言葉なのだ。

このとき、「おかしなはがき」とは、そのようにして彼が書いたお話、いわば林や野原を歩いたときのある種トランス状態の中の精神の異常な痕跡、そのありえない出来事を心身に刻み込まれたもののリアルな異界報告のようなものである。それを賢治はここで「イーハトヴ童話」と呼んだのだ。

ところで「どんぐりと山猫」は、簡単にいえば山猫から「おかしなはがき」をもらったかねた一郎という少年が、山猫ワールドへ出かけて行って、そのはがきの文面にあった「めんどなさいばん」に立ち会うという物語である。そこで彼は山猫にあるサジェスチョンを与え、見事それを解決する。いや解決したかにみえる、とここではいっておこうか。ともあれ一郎はそのことで御礼に黄金《きん》のどんぐりをもらって山猫ワールドから帰ってくる。だが家に帰り着くと、森の中ではぴかぴかに輝いていたその黄金のどんぐりはただの茶色のどんぐりに変わっていた。山猫ワールドの魔法はなぜかこちら側では解けてしまっていたのである。物語のラスト近くに、こんな一行がある。

それからあと、山ねこ拝といふはがきは、もうきませんでした。

なぜこの少年に、二度とはがきは来ないのか。これは物語の謎のような問いでもある。そもそも「おかしなはがき」が来なければ、この物語は始まりようがないのだ。おかしな世界、魔法のかかった時間はあのはがきとともに動きだした。だがもう一度はがきが来れば、また同じようにおかしな世界は始まるのか。山猫ワールドへ行けるのか。あるいはこの結末に至ってわたしたちは疑ってみてもいいのではなかろうか。この子は本当に、山猫裁判長と共にあの「めんどなさいばん」を解決したのだろうか。そもそも「めんどなさいばん」とは、いったい何だったのか、と。

「めんどなさいばん」とは、物語に則する限り、森のどんぐりたちのえらさをめぐる争いである。頭がとんがっている、身体が丸い、大きいなどと、どんぐりたちはもう二日間もがやがや言い争っている。これはどんぐりたちが互いの個性を競い合っている姿だということにもなろう。そしてここでいうえらさがじつは何の基準もないきわめて恣意的・相対的な価値であり、そうである限り、これは結局どこまで行っても解決のつかない問題でもある。文脈が変われば、そのえらさの価値も変わるのだ。

だが一郎の判決は、まさにそこに下る。それを受けて山猫は次のようにいう。「このなかで、いちばんえらくなくて、ばかで、めちやくちやで、てんでなつてゐなくて、あたまのつぶれたやうなやつが、いちばんえらい」と。

これはえらいといったら馬鹿になってしまう循環論法のじつに巧妙な判決だ。だからどんぐりたちは自分がえらいとはいえなくなってしまう。あるいはそのどちらも選べない。天沢退二郎は、これを「えらいという価値、その比較自体を無化する判決だ」とのべている（筑摩文庫版全集 第八巻解説）。ここではだからもともと判決の下しようのないことにムリヤリ判決が下された、ともいえるし、判決とはもともとそういうものだとも、この判決自体が判決の下しようのないことを認めている判決ともいえるのではないか。

ともあれ、この判決のあと、そのどちらも選べないどんぐりたちは言葉を奪われ、しーんと静まり、固まってしまう。物語は、次のように書いている。「どんぐりは、しいんとしてしまひました。それはそれはしいんとして、堅まつてしまひました」と。わたしはこれをどんぐりの死と受け取ってみる。どんぐりは生態学でいうキーストーン種である。食物連鎖におけるキーストーン種の死は、たとえばこの豊かな森の生態系を根底から崩壊させかねないものだ。

これは結果としてじつはそういう恐ろしい判決だったのではないか。

この物語の前半を想起してほしい。森は生きものたちのざわめきに満ち溢れていた。オノマトペの豊かさ。栗の木はばらばら実を落とし、滝は笛の音のようにぴーぴーと水を噴き出し、きのこはどってこどってこ踊っていた。森はじつにさまざまな生きものたちのざわめきに満ち満ちていたのである。森のざわめきはむろん森の豊かさの象徴でもある。

だが判決以後、この森からはにわかにざわめきが消える。物語の後半、森からは生きものたちのいのちの気配・音が全く失われてしまうのだ。

未来に残された名前

「どんぐりと山猫」をめぐって、さらに二つのことを考えてみよう。

くり返すようだが、改めてあの「めんどなさいばん」とは、何だったのか。そして山猫から「おかしなはがき」をもらったかねた一郎とは、誰だったのか。たとえばなぜこの子の名字はひらがなの、こんなおかしな名前が付けられているのか。けれどこの二つのことはたぶん別々のことではない。作者はある意図があって、この子にこんな名前をつけたように思うのである。

「めんどなさいばん」とはさきにのべたように、おそらくこの森の生態系のシステムに大きくかかわっている。これはそういうきわどい裁判、トラブルなのだ。それは結果的にこの森の生態系、食物連鎖のキーストーン種であるどんぐりを死に至らしめる判決になった。一郎に山猫からのはがきが二度と来ないのは、彼がこの裁判を解決することにじつは失敗した、あるいはそれをもしかしたら最悪のかたちで解決してしまったからではないのか。これはそういう問いでもあるのだ。

何人かの賢治研究者は、この奇妙な名前に関して、かねた一郎の〝かねた〟は〝兼ねた〟とのダブルミーニングではないかとのべている。わたしもじつはそう思っている。けれどその〝兼ねた〟の意味は、それだけに留まらない。そこには容易に解き難いこの物語の謎といったらいいのか、どこかわれわれ人間の知恵や言葉の及ばない自然の側のブラックホールのような底無しの問いを隠しているようにさえ思われる。誰もこの〝かねた〟の謎を解くことはできない。

あの「めんどなさいばん」は、たとえば食うものと食われるもの、いわば生物群集内の生存競争、食物連鎖の問題をそのトラブルの底に潜ませていた。生きてゆくために生きものは他の生きもののいのちを奪わなければならない、これはわたしたちにはほとんど解決不可能な問題だが、何とこの物語でこの男の子はそこに、まさにこの解決不可能なものが提示されている場所に、招待されていたのではなかったか。おそらく、この子の名前〃かねた（兼ねた）〃は、その生きものの生と死の連鎖の場所、この生存の可能性と不可能性の問題が深く重なり合い響き合ったところで呼び出された名前のように思われるのだ。さらにこだわれば、この男の子はこの裁判のいわば仲介者・調停者（まさにそのあいだを〃兼ねる〃もの）として、そこ、この解決不可能な困難な場所、すなわち山猫ワールドに招かれていたのである。だがこれは一人の子どもにとってむろんあまりに過酷な役割だ。誰がそんな役割をよく荷いきれるというのだろう。

一方でまた、わたしには、この〃兼ねた〃から、この物語には二人のかねた一郎がいるように思われてならない。山猫からおかしなはがきをもらって「うちぢゅうとんだりはねたり」していた子どもらしいあのいかにも無邪気な男の子と、山猫ワールドへ到着してからの、「いや、こんにちは、きのふははがきをありがたう」と急に尊大な態度になり、森の王山猫を向こうに回してじつに堂々といやに大人びたあいさつをするときの一郎。この子が山猫ワールドへたどり着く直前、榧《かや》の枝が真っ黒に重なり合って青空の一きれも見えない「大へん急」な坂道を登る場面がある。坂は境と同義の言葉だが、この無気味な坂＝境を通過するとき、たとえばこの男の子の心身に何か重大な変化が起きたのではないか。坂、境界とはそのような心身の変化、変身の起こる場所でもある。あるいは異界とは、ときにこちら側とは全くちがう速さで時間が流れるから、その場所はそこであの昔話の桃太郎のように、この子を急速に通常の人間的な時間の速さを超えたスピードで大人へと成長させてしまったのかもしれない。

あるいはその急速な成長ゆえに身についた理性が、合理が、その大人びた態度が、この「おかし」な世界、異次元の世界の不思議を消してしまった。さらにはこの子の視力を何か異質なものにし、山猫ワールドを見えなくしてしまった。その意味ではあの「おかしなはがき」は、一郎にとって、またわたしたちにとっても、すなわちこの物語に召喚されたもののまさにその魔法の力を生きるための試練のはがきだったのである。

この物語は、前半の「ものみな金色にかがやく」世界、いわば魔法のかかった妖しい光を放つ「おかし」な世界から、後半は無残にもヒトが森を「侵す」物語に変わってしまった。そうもいえよう。

「おかし」の意味があの坂＝境を通過することによって残酷に変質したのである。

するとキーワードの「おかし」、あのはがきの文面は、その微妙な異界との境に明滅するきわめて壊れやすい、あるいは奇蹟のようなつかのまの妖しい光文字だったのではないか。

そして以下ここからは、この物語に対するわたしの空想である。わたしは次のようなことを考えてみる。

たとえばこの物語のかねた一郎は、あの「めんどなさいばん」を解決することに失敗した。あるいはもうはがきが来ないということは、物語はそこに未着（未完了）の「空白」を残して、この物語に潜在する問いはいまもなお未解決のままその先に残されてあることを意味している。すなわちこの物語は末尾に至ってその問いがまた冒頭に還るのだ。するとこの未完了の物語の「空白」、そこにはあの「おかしなはがき」を次のかねた一郎（あるいは次の読者）が待っている。だからこの物語でかねた一郎は一人の名前、固有名であるよりははるかに、その〝兼ねた〟の意味が語るように次のはがきを待つ無数の次のかねた一郎を産出するある種読者のための循環名として、ここでは作動しているのではなかろうか。さらにいえば、ここにはこの物語を読む読者の数だけのかねた一郎がいるといってもいい。すなわちこの〝兼ねた〟はその主人公に重なるようにしてたえずわたしたち未知の読者をも兼ねているのである。

その意味で、かねた一郎という名前は物語にとっても、またわたしたち読者にとってもいまだ到着しないはがきを待つ未完了の未来に残された希望の名前でもあるのではなかろうか。

注文の多い料理店

看板に隠された意味

「どんぐりと山猫」の、あの「おかしなはがき」にあった、「とびどぐもたないでくなさい」の一語。この中の「くなさい」は方言でもなんでもない。「――して下さい」という、一見幼児語めいてたどたどしくも見えるが、じつは古語的、雅《みやび》でとても丁寧ないい方なのである。

山猫ワールド、というよりも、このイーハトヴには、イーハトヴにふさわしい生きものたちの約束事やその生き延び方があるというべきだろう。ここは少なくとも絶対に「とびどぐ」など持ちこんではいけない世界なのだ。それが童話集冒頭の「どんぐりと山猫」の「はがき」の中に記されていた。けれども「どんぐりと山猫」のすぐ次にある作品「狼森《オイノもり》と笊森《ざるもり》、盗森《ぬすともり》」も、岩手山麓の原野に、けらをまとった百姓たちが、「山刀《なた》や三本鍬《さんぼんぐは》や唐鍬《とうぐは》や、すべて山と野原の武器」（と作者は書いている）を持って入ってくる。あのはがきが「くなさい」とじつに丁寧な言葉でこの森に武器を持ち込まないでくださいとお願いしているにもかかわらず、である。

同じ山猫が出てくる表題作の「注文の多い料理店」は、そのことに関してはもっと露骨だ。東京からやってきた若い二人の紳士は、すっかり「兵隊のかたちをして、ぴか／＼する鉄砲をかついで」まさに武装しながら森の中へやってくるのである。このときイーハトヴの森は、それをどう迎えるか。

「ぜんたい、こゝらの山は怪《け》しからんね。鳥も獣も一疋も居やがらん」

これは、森に入ってきた一人の紳士の言葉だが、この言葉からもわかるように、森の生きものたちは彼らをひどく警戒し、いまはみな森の奥に隠れしーんと息を潜めている気配である。ところでこの言葉の「怪」に「け」とルビをふっているのは作者だ。この「怪」をいま仮に「怪《あや》しい」と読めば、森は、この紳士たちの登場で、生きものの気配もなく、静まり返った、怪しい、つまり人間たちにとって無気味な森に変貌しているのである。だがここで、怪しく、怪しからんのはどっちなのか。森の側からいわせれば、鉄砲を持って動物を殺しにやって来た彼ら人間の方がよっぽど「怪しく」「怪しからん」存在だということになるだろう。

「怪」のダブルミーニング。一つの語が反転しながら持つ二重の意味。そしてこれが「注文の多い料理店」のじつはキーワード（あるいは物語の法）なのだ。すなわち文脈によって、発話主体によって、一つの言葉の意味が微妙にズレる、ときにはくるりと反転する。そのズレ、反転した、言葉の微妙な曲がり角、あるいは彼らがふり返ったときに見るまさにその意味の〝裂け目〟のようなところに、じつはあのレストラン「山猫軒」は建っているのである。
物語の顛末は、こうである。せっかくぴかぴかの鉄砲をかついでわざわざ東京からこんな田舎の森までやってきたのに、森には生きものの気配もない。それどころか、森は奥に進むにつれてどんどん無気味さを増して物凄い状態になり、彼らを案内してきた専門の鉄砲打ちもまごついていなくなる。さらには連れてきた二匹の白熊のような高価な猟犬も森の毒気にあたったのか、泡を吐いて死んでしまう。そんな怪異な森の中で、やがて歩き疲れ、すっかり心細くなったこの二人の紳士は、ついに腹が減ったと騒ぎだし、帰ろうとして、ふとうしろをふり返る。するとそのふり返った所にあの「立派な一軒の西洋造り」のレストランが建っていた。そこには、こんな看板が掛かっていたのである。

《RESTAURANT
西洋料理店
WILDCAT HOUSE
山猫軒》

『注文の多い料理店』(大正13年)より

「注文の多い料理店」は、じつは徹頭徹尾、この看板の文字を読む物語であるともいえる。そこにいわばあのダブルミーニング、すなわち一つの語が発話主体の立場によってズレたりその意味を変えたりする多義性が発生する。そこに山猫の側のさまざまな巧妙な罠が仕掛けられているのである。この場合の罠、言葉の二重の意味とは、看板の表の意味と裏の意味といってもいい。

たとえば前記看板の「RESTAURANT」の日本語の意味、翻訳は、料理店・食堂等ではあっても、その下にある日本語の「西洋」なる意味は看板のどこにもない。「西洋」はいわば上の英語に誘引された言外の意味（コノテーション）の解釈、もしくはそれを含意した翻訳の中で顕れたものにほかならない。「WILDCAT HOUSE」も直訳すれば、「山猫の家・棲み家」であっても、「山猫軒」といういかにもレストランか料理店にふさわしいシャレた意味にはならない。だがこれはこれでなかなかにセンスのある、巧みな翻訳というべきである。むろん、そこにもじつに巧妙な意味のズレ・仕掛けがある。

試みにいまこのズレをさらにズラして、この横書き表記の「西洋料理店」なる語をその下の「WILDCAT HOUSE」の方に重ねてみれば、どうなるか。するとそこにはこの看板の隠された皮肉な事態、作者が仕掛けた物語の驚くべき罠が見えてくるだろう。

レストランの仕掛け

　ここでこういう問いを立ててみる。

　あの森の中に忽然と出現した「西洋料理店」、たとえばその西洋料理なるもののコンセプトとは、何か、と。

　それは一言でいえば狩猟採集に伴う肉食料理（肉食文化）といってもいいのではないか。当時の西洋通の人々は、肉食こそが西洋人優越の源であると考えた。さらにここに、この時代の脱亜入欧・文明開化等、明治政府の国家的スローガンを重ねれば、「西洋」とはまさにその時代のスローガンたる文明開化の象徴的な意味合いを帯びた言葉となる。すなわちあの看板はじつは、自由だの平等だの進歩だのといった、いわば文明国の崇高なる理念を含意した「西洋」なる言葉が、同時に「肉食文化」という、生きものが生きものを殺して食べる狩猟採集の長い歴史を持っていて、そのことがここではとても「ワイルド」だと語ってもいるのである。ちなみに、これも日本語に翻訳すれば、WILDには、野生の、野蛮な、未開の、乱暴な等々の意味がある。

　するとこういうことになる。「西洋」あるいは「西洋料理」の裏の意味、それは意味を下にズラせばじつはワイルド（野蛮）だ、とこのレストランの看板は語ろうとしているのだ。そこに冒頭の鉄砲を持ったすっかり「兵隊のかたち」をした「紳士」という言葉が皮肉に対応しているのはいうまでもない。

この物語には、第一次世界大戦後の大正前半期に現れた、いわゆる大正成金、戦後の軍需景気に伴う拝金主義の風潮がその背景にあるといわれている。この時期はまた都市にデパートができたり、コマーシャル文化が流行したりして我が国にはじめて本格的な消費文化が興ったときでもあった。そういう大戦後のにわか成金、拝金主義者のいわば戯画化されたモデルとして、冒頭、あの若い二人の紳士は物語に登場させられていたのである。

その証拠に、作者は、この二人の男に最後まで名前を与えていない。それどころか、ほとんど互いが互いの個性を喪《うしな》った（そして西洋をむやみに崇拝する）そっくりさん、コピー人間であるかのように描いている。目の前にあるのは〈金〉と〈食〉に対する欲望だけ。たとえば東京からわざわざ連れてきた白熊のような猟犬が、森の毒気にあたって死んだとき、彼らは次のような会話を交わす。「じつにぼくは、二千四百円の損害だ」。一人が、そういうと、もう一人は、「ぼくは二千八百円の損害だ」とさらにその上をゆく。当時、国会議員の年俸が三千円、という時代である。欲望と虚栄心と、西洋への生半可な知識、あるいは紳士なるものの衣粧で表面を着飾ったうわっつらの模倣が、この二人の若い男の脆弱なアイデンティティを支えている。それがそのまま明治（あるいは大正）、近代の脆弱な国家的アイデンティティでもあることはいうまでもない。ともかくこうして森の奥で道に迷い、疲れた腹が減った、もう歩きたくないと子どものように騒ぎ出した彼らの前に、ふとふり返ったら、ちょうど都合よくそこに「山猫軒」なる怪し気なレストランが建っていたのである。

ところでこのレストランには長い廊下があって、そこには七つの扉が設けてある。扉にはそれぞれ表と裏に文章が書いてある。彼らが食堂にたどり着くためにはそれを開けなければならないし、否応なくその文章を読まなければならない。看板、もしくは次々と現れる扉の文章を読むこと。その扉の文章を読む行為、それがそのままこの物語を読む行為になる。扉を開けることがそのまま読書行為になる。それが「注文の多い料理店」の卓抜な仕掛けなのだ。そしてそのレストランの廊下は、最後はどこへつながっているか。なんと七つ目の扉の奥には山猫の胃袋が待っている。扉の文章は二人の男を山猫の胃袋へ導くためのキャッチ・コピーであり、その胃袋が物語の最終地点なのだ。すなわちここではその読む行為がそのまま山猫（レストランの経営者である資本家）に消費者が食べられるプロセスになる。この山猫軒はカリカチュアライズされた搾取のシステムなのだ。

するとこの怪し気な長い廊下は、さしずめ山猫の胎内になぞらえることができるだろうか。山猫の口から入って、食堂ならぬ食道を通り、最後はブラックホールのような真っ暗な山猫の胃袋にたどり着く。ここでは山猫の胎内を通ることと読書行為、食べること（食べられること）、胃袋への道がいわば一種のパラレルワールドになっている。

たとえば第一の扉、硝子《ガラス》の開き戸には、金文字でこんなことが書かれていた。「ことに肥《ふと》ったお方や若いお方は、大歓迎いたします」。これを見た二人の男は、「君、ぼくらは大歓迎にあたつてゐるのだ」「ぼくらは両方兼ねてるから」とこう考える。

ここにもあの〝兼ねた〟の意味、そしてこの物語のダブルミーニングの戯画化された姿があるというべきだろうか。「どんぐりと山猫」の〝兼ねた〟の呪力、その言葉が持っているいわば遠隔感応力は、恐ろしいことに「どんぐりと山猫」だけでなく同じ山猫ワールドを舞台にした、この「注文の多い料理店」にまで及んでいるのである。

イーハトヴの武装解除

「注文の多い料理店」の末尾には、次のような文章がある。「そして（二人の紳士は――吉田注）猟師のもつてきた団子をたべ、途中で十円だけ山鳥を買つて東京に帰りました」。

　何ということだろう。ぴかぴかの鉄砲をかついでわざわざ東京から遠くイーハトヴの森へまでやってきた彼らは、結局最後まで、西洋料理を口にすることができない。ただわずかに団子を食べることになる。それでも何とか恰好をつけるため、みみっちく十円だけ山鳥を買って帰ったというのである。このシーンにはさきにのべた「ぼくらは両方兼ねてるから」の〝兼ねてる〟がじつに皮肉っぽく響いている。西洋料理を食べに来た者が、なんのことはない日本古来の穀物を練ったもの、団子という粗末な和食しか口にできないのだ。

「山猫軒」という怪し気なレストラン、その西洋料理店の長い廊下に仕掛けられた七つの扉、そこに書かれたキャッチ・コピーは、するとこの若い紳士たちの身に着けている「近代」の借りものの衣装、その紳士の虚飾、虚栄心、欲望等を次々と剝ぎ取ってゆく皮肉な装置というべきではないか。レストランの扉や文字もじつはよく読めば、金文字から、黄、赤、黒とその色を変え、奥に進むにつれていわば警告の度合いをましてゆくように描かれていたのだ。

たとえば、三つめの扉には、赤い字で表に「お客さまがた、こゝで髪をきちんとして、それからはきものの泥を落してください」と書いてあり、裏には「鉄砲と弾丸《たま》をこゝへ置いてください」と書いてある。「なるほど、鉄砲を持つてものを食ふといふ法はない」と彼らはそれを西洋料理店での作法《マナー》だと理解する。二人にはおそらく西洋料理店についての生かじりの知識だけがあって、西洋料理の食の作法も知らなければ、いまだかつてその西洋料理店なる場所に立ち入ったこともないのだ。次の扉では、ネクタイピン、カフスボタン、眼鏡などを外される。いわばこうしてだんだん武装解除され、さらには紳士の衣装を剝ぎとられ、彼らは無惨に裸にされてゆく。それは見せかけの「西洋」を脱がされてゆくプロセスといってもいいだろう。

そして六つめの扉には、

料理はもうすぐできます。
十五分とお待たせはいたしません。
すぐたべられます。

と書かれてある。くせものは「たべられます」だ。あの文法の「れる」「られる」。おなじみの四つの助動詞の意味の、この場合は「可能」だろうか。けれどその発話主体がどっちにあるかによって「可能」は「受身」に、食べることは食べられることに変わってしまう。つまりこの物語の表題にある「注文の多い」は、誰が誰に注文しているか、その注文主＝言葉の発話主体がどちらにあるかによって、文章の意味が全くひっくり返ってしまうのだ。

西洋料理を食べに来たものが西洋料理に調理されて食べられる。もうお気づきだろうが、これはほとんど戯画化された資本主義の論理を語っている。実際扉の文字を読むことは、ここではそれは商品を売る側の巧妙なキャッチ・コピーを読むのに等しいのだ。表の意味があり、その裏に隠された別の意味がある。そのだましのテクニック、表と裏の巧妙なキャッチ・コピーを読み進むアイロニカルな物語。こうしてにわか成金の若い二人の紳士が、食べるのではなく食べられるために山猫《ワイルド・キャット》の胃袋に入ってゆく物語。ここではまた「野蛮《ワイルド》」の意味も反転する。文明対野蛮のまやかし。そして何よりも資本主義の貪欲なワイルドさ。ともあれ第一次世界大戦後に勃興した大正消費社会を背景とした、資本家対消費者。

かくのべてきた「注文の多い料理店」に対するそのような読みは、すでに何人かの研究者から出されている。物語の中にも、西洋や紳士と対をなす言葉、たとえば親分とか旦那、猟師や簑《みの》帽子といった、ことさらな前近代の用語《ターム》が意識的に使われている。作者の意図は明白であろう。

そしてなお驚くべきことは、「どんぐりと山猫」の、あの「おかしなはがき」、そこに記されていた警告（「とびどぐもたないでくなさい」）、それがこの物語でも依然としてその効力を発揮しているということである。

「どんぐりと山猫」の食物連鎖の問題は、人間社会の資本のシステムに還元すれば、それはあからさまな食うものと食われるものの生きものたちの闘争の現場を語り出すことにもなる。西洋料理、狩猟文化、その肉食思想が隠し持っている権力志向と動物殺しの野蛮《ワイルド》さ。それはそのまま二十世紀の欧米列強の植民地主義、中南米やアフリカ・アジア等の先住民に対してなされた数々の暴力等、未開地域を文化的、経済的に収奪・支配してゆく覇権主義の思想につながっていく。

イーハトヴをいかに武装解除するか。これがこの童話集全体を通底するテーマであり、課題である。

ともあれ、「注文の多い料理店」もやはりヒトが森を侵す物語である。作者はそこに文明開化に踊らされる大正成金の成功者をカリカチュアライズした人物を登場させた。

この時期、賢治は、菜食主義者になっていた。

水仙月の四日

峠という受難の場所

峠の向こうに母がいる。峠のこちら側には父がいる。そしてその峠には、父からも母からも見放されたようにして、孤独に心細く、ときに死の恐怖に脅えながらその境界的な場所をさまよっている子どもたちの姿がある。

象徴的にいえば、これがおそらくあらゆる賢治作品の基本的な構図なのではなかろうか。

この、子どもたちが陥っている危機、困難、これをたとえば〈試練〉とか〈受難〉といい換えてもいい。

童話「水仙月の四日」も、まさにそのような物語である。主人公の赤毛布《あかけっと》の少年は、土曜日の午後、山の中の村から峠を越えて父と一緒にソリを引き町まで炭を売りに来た。そして翌日、父は町にまだ何か用事でもあるのか、天気もいいので子どもだけがひとり先に山のむこうの母の待つ家へ帰ろうとしている。けれどその途中でこの子は水仙月の四日と呼ばれる冬の終わりの猛吹雪に遭い、象の頭のかたちをした峠のあたりで雪に埋もれ遭難してしまうのである。水仙月が何月かについては諸説あるが、何月であれこれは冬から春への季節の変わり目に吹く猛烈な嵐の日のことを指している。

ところでこの物語の地上の主人公が赤毛布の少年だとすれば、天空には物語のもう一人の主人公、少年を見守る雪童子《ゆきわらす》と呼ばれるあえかな雪の妖精のような少年がいて、物語はもっぱらこの天空にいる少年の目から、この少年の想いを通して描かれている。しかもこのとき地上の少年には天空にいる雪童子の姿は見えない。その子の声も言葉も地上の少年には風の音としか聴こえない。

そういう天と地に隔てられていてなぜかは知らないが互いに深く結ばれたどこか分身的な関係にある二人の主人公だが、このように二人の間には通常の意味でのコミュニケーションが成り立たないのだ。その言葉の通じない状態で、天空の雪童子は峠で吹雪に巻かれ遭難しかかっている赤毛布の少年をなんとか救助しようと、じつに涙ぐましい努力をする。果たして雪童子は雪に埋もれてゆく少年を助けることができるのか。

ところでこの物語がそのように天空からの目によって描かれていることを、次のように考えてみることもできるだろう。天空とは、異界、彼岸、あの世のことである。つまりこの物語は、異界からの目がこちら側の世界へ半ば身を乗り出すようにして覗き込んでいるところで書かれているのだ、と。このとき雪童子と赤毛布の少年との関係は、どうなっているのだろうか。

物語をたどろう。「水仙月の四日」は、次のように書き出される。

雪婆《ゆきば》んごは、遠くへ出かけて居《を》りました。

雪婆んごとは、この時期に、日本海あたりで急速に発達し、たとえばオホーツク海の方へ向かって東進する低気圧を形象化したものだと理解されている。俗に「春一番」と呼ばれるものかもしれない。ともあれこの雪婆んごは、冬から春への季節の移行を促すいわば執行者の役割を荷っている。

物語は冒頭まずこうして彼女が「遠くへ出かけて居」たと語り、雪婆んごの不在を告げる。逆にいえば遠からず雪婆んごは必ずここへ戻ってくる。そういう無気味な予告を語り手は冒頭に投げ出している。その雪婆んごが戻ってきたらどうなるか。いま晴れ渡っている峠のあたりはたちまち吹雪に見舞われる。あの赤毛布の少年に危機は刻々近づいているのである。冒頭の一行はそれだけで、やがて起こるだろう物語の危機の予感を伝えてあまりある見事な書き出しである。

それにしても、この物語が描き出す圧倒的な白一色の雪原のうえを移動してゆく小さな赤一点の少年の姿。画面いっぱいにあふれる白の世界のうえにわずかにこぼれた赤色。これはこの嵐の日、「水仙月の四日」のために流される血のイケニエの色であろうか。一方で燃えあがるいのちの色でもある赤。

そういえば、この作品には全篇を通してか細いいのちの糸をつなぐかのような赤い色の明滅がある。たとえば雪道を急ぐ赤毛布の少年が、家へ帰ったら食べようとたえず想い描いているカリメラ。そこで燃えている赤い炎。それから天空の雪童子がこの少年に何か熱い想いを込めて投げつける赤い実をつけたヤドリギ。ヤドリギはケルトの伝承では、太陽の力がもっとも衰えた冬至の頃に太陽の復活や春の到来を願って家々の門口などに飾る魔除けでもあり、一種の護符でもある。賢治はヤドリギにまつわるそのような伝承をよく知っていたようだ。

この場面では赤毛布の少年は不思議そうにあたりを見回しながらも、ふいに空中から飛んできたそのヤドリギの枝を拾って歩き出す。ここでのヤドリギはこの天と地に隔てられてある二人の間のコミュニケーションの裂け目を渡ってゆくこれもまた不思議な天の贈り物、この少年にとっての一種の護符であるともいえようか。物語の後半に、雪童子のこんな印象的なセリフがある。「あのこどもは、ぼくのやつたやどりぎをもつてゐた」。この子はそう呟いたあと「ちよつと泣くやうにし」たというのである。

ここで雪童子はなぜ泣きそうになるのか。この天空にいる、人間には姿の見えない男の子はどんな想いでこのセリフを呟いているのか。

雪童子の悲しみ

雪童子とは誰かという問いに触れて、劇作家の別役実は、この少年はかつてこの峠で「水仙月の四日」に雪婆んごに「とられた」（遭難し凍死させられた）子どもの亡霊ではないかという、興味深い解釈を提出している（『イーハトーボゆき軽便鉄道』リブロポート、一九九〇）。天空にいる雪の妖精のような少年。その天空を現世ではないあの世とみれば、この雪の妖精はたしかにどこか幽明界をさまよう亡霊のようにみえないこともない。物語の前半にこの雪童子が天空から眼下の「白と藍《あゐ》いろの野はらにたつてゐる、美しい町」を「はるかに」眺める場面がある。そのはるかなまなざしの下では「川がきらきら光つて、停車場からは白い煙もあがつてゐました」と書かれている。

たんなる風景描写のようにもみえるが、けれどこのときの少年の目にはどこか胸いっぱいのなつかしさとあるせつなさが感じられる。雪童子が黙って見下ろす町、そこはもしかしたら別役実がいうように生前の少年が遊び、生活した場所なのかもしれない。そこにはまだ彼の父、母、友人たちもいるのかもしれない。雪童子の見ている停車場やそこから立ちのぼる白い煙には人間の生活の営み、ぬくもりのようなものも感じられる。それをいま万感の想いを込めて眺めている雪童子の目の「はるかさ」――それは生きているものと死んでしまったもののもう埋め尽くせない絶対的な距離でもあろうか。

別役氏の解釈を敷衍すれば、雪に埋もれてゆく赤毛布の少年を天空にいる雪童子が懸命に助けようとするのは、あきらかに雪童子がその子にかつての自分の姿を見ているからである。雪童子がこの少年を雪婆んごから守ろうとするのは「凍死した子供たちを悼む気持ちが（まだこの少年の）どこかに残されているからだ」とさきの解釈に続けて、別役実はのべている。説得力のある読みではなかろうか。

物語のラストシーンを見てみよう。「水仙月の四日」が無事に済んだ次の朝、村人たちは遭難した子どもを捜しに来たのだろう、その中の一人、

かんじきをはき毛皮を着た人が、村の方から急いでやってきました。

「もういゝよ。」雪童子は子供の赤い毛布《けつと》のはじが、ちらつと雪から出たのをみて叫びました。

「お父さんが来たよ。もう眼をおさまし。」


雪に埋もれたこの子のところへ、毛皮の人が赤い目印をめがけて一生懸命駈けてくるところで、この物語は終わっている。その人はたぶん雪童子がいうように少年の父親だろう。

このラストシーンで白一色の世界からちらっと覗くあの一点の「赤」。それはこの子のいのちが助かった、あるいはこの子のいのちの蘇《よみがえ》りのしるしなのでもあろう。

危機に陥っている子どもの許《もと》へお父さんが駈けてくる物語。(のちにふれるが)たとえば天上から何かが飛び込んできてぶるぶるふるえ脅えている子蟹たちの前にお父さんが姿を現す「やまなし」もそのような父と子の物語だった。ところが一方では「銀河鉄道の夜」のように、苦境にあるジョバンニがいくら待っていてもお父さんが駈けてこない物語もある。あるいは同じ物語のカムパネルラのように、お父さんが迎えに来たのに子どもの方がもう死んでいて家へ帰れないケースもある。

子どもが危機に陥っているのに、そこにいつも大人たちの姿がない。これは多くの賢治作品が描き出す物語の風景である。

もう一つ、「水仙月の四日」を読むと、わたしはいつも三好達治の、有名な次の詩を思い出す。

太郎を眠らせ、太郎の屋根に雪ふりつむ
次郎を眠らせ、次郎の屋根に雪ふりつむ　（「雪」）

雪に埋もれること。雪の布団にくるまれて眠ること。この詩もそうだが、ふわりとした雪の中の眠りは擬似的な死の眠りであるのかもしれない。

いずれにしても「水仙月の四日」は最後までこの子が助かったかどうかを語らない。そのハラハラドキドキの未完了の空白が逆にこの物語に美しいまでの緊張感を与えている。おそらくこの子は助かったのであろう。そうみたい。けれどそのことと永い冬が去り、春が訪れることは、物語の未来に属する出来事として語り手の、そして雪童子の深い祈りの中にあることのように思われる。

かしはばやしの夜

画《え》かきの立つ場所

『注文の多い料理店』所収の「かしはばやしの夜」について、書いてみたい。

この作品のタイトルにある「はやし」は、「林」であると同時に、祭り囃子《ばやし》の「囃《はや》し」でもあるのではなかろうか。その同音の雑木林のざわめく音に耳を澄ますところから始めてみよう。

民俗学者の折口信夫は「囃す」という言葉と「林」という言葉との密接な関係について、「はやす(囃す)」という言葉は、「林」という小暗く霊魂の宿る場所から木を伐《き》ることをいい、それは神木からの霊魂の分霊・増殖を意味するのだとのべている。ざわざわいう林、あるいは風の渡る薄暗い雑木林とは、そのような目には見えない妖精たち、野の雑神たちのざわめきの籠もる空間、精霊たちの宿り、移動してゆく空間でもあるのだ、と(「翁の発生」他)。

これは昭和三年の折口論文だから、それ以前に書かれている「かしはばやしの夜」(大正十年)において、賢治が折口信夫の想像力豊かなこの論文を知っていたはずもないが、林、あるいは雑木林が賢治作品にとっても、精霊たちのざわめきが宿るどこか特権的な聖なる空間であることは、他の多くの作品からもうかがえる。たとえば、

あすこのとこへ
わたしのかんがへが
ずゐぶんはやく流れて行つて
みんな
溶け込んでゐるのだよ

詩「林と思想」という作品を読むと、林は賢治にとって自らの「思想」が流れ溶け込む場所、その分子化された身体と風の流動する渦巻きの中から、宇宙的なアンテナを持った宮沢賢治という生命体＝メディエーター（媒介者）に妖しい言葉や声がやってくる。この林（雑木林）は賢治文学の発生の現場なのだといってもいいのである。

「かしはばやしの夜」では、そこに月の光が降りそそぐ。林の中の、幻想的な（おそらくは聖なる）月の光によって洗い浄められ照らし出された広場のような空間、そこが物語の舞台、人と植物、動物たちのつかのまの祭りの庭になるのである。

物語は、清作という農夫が「さあ日暮れだぞ、日暮れだぞ」といって突然農作業を終えるところか

ら始まる。太陽が上るとともに働きだし、沈むとともに労働をやめる、そんな日月の巡る自然のサイクルに従って生きているものの姿が、ここからは浮かんでくる。

農作業を終えたあと清作は、どうするか。あとは、遊びの時間である。その時間を待っていたかのように突然かしわばやしの向こうから、「欝金《うこん》しやつぽのカンカラカンのカアン」という調子はずれの途方もない男の声が聞こえてくる。そしてこれが物語の開始を告げる合図の声になるのである。

叫んだのは、赤いトルコ帽をかぶり、鼠いろの変なだぶだぶの着物、それに靴をはいた目の鋭い画《え》かきだった。着物に靴という妙ちくりんな恰好。これにもし半ずぼん、赤い半靴をはかせれば、たとえばあの「風の又三郎」の高田三郎にそっくりである。これは高田三郎のありうべき大人になったときの姿でもあろうか、とかつて友人たちと話し合ったことがある。ともかくこの画かきの叫び声に対して、清作は、思わず、空を向いて咽喉《のど》いっぱいに「赤いしやつぽのカンカラカンのカアン」という即興の歌をこだまのように返す。その即興の無邪気な応対が気に入ったのか、画かきは清作を、自分が招待されているというかしわばやしの「夏のをどりの第三夜」に誘い出すのである。

こうして始まった奇妙な夏祭りだが、ところで清作とかしわ(柏)の木たちの間にはじつは深い敵対関係があった。というのも清作は小作農として畑を耕すほかに、じつはかしわ林の木を伐り出す木《き》樵《こ》りでもあったのだ。だからかしわの木たちは招かれざる不意の闖入者、いわば自分たちを伐採(殺戮)する清作を歓迎せず、露骨にいやな顔をして、何かといじわるをする。やがて祭りのクライマックス、かしわの木たちの歌競べが始まると、彼等は歌によって清作の過去の失敗談をネタに彼をさまざまに嘲弄する。森の主かしわの木大王に至っては清作を厳しく「前科九十八犯」と決めつける。「貴さまの悪い斧《をの》のあとのついた九十八の足さきがいまでもこの林の中にちやんと残つてゐる」とその過去の罪業をあばきたてるのである。

それに対して清作は、「おれはちやんと、山主の藤助《とうすけ》に酒を二升買つてある」、それでこのかしわ林の木を伐る許可を得ているのだと応ずる。山主の藤助とは、その土地の地主でもあるのだろう。酒二升は、だから一種のワイロかもしれない。

こうして本来は楽しいはずの夏祭りは思いがけない客、この招かれざる闖入者によってしだいに混乱し、いつか収拾のつかない闘争状態を呈することになる。そこに画かきが仲立ちに入る。よそ者でもある画かきは直接の利害関係を持たないからこそ、この闘争の調停者の役割を果たそうとするのだ。「まあぼくがいゝやうにするから歌をはじめよう」。歌による一触即発のきわどい融和、つかのまの許された無礼講。これが「かしはばやしの夜」が描き出そうとする世界である。

ところでこの人と林（森）の闘争の顚末は「どんぐりと山猫」のあの「めんどなさいばん」とよく似た構図ではないだろうか。物語にとって直接の当事者ではないこのよそ者の画かきは、もしかしたらこれもまた森の外からやってきた成長したのちのかねた一郎ではなかろうか。

背景には闘争の歴史

「かしはばやしの夜」のラストに「沼森」という地名が出てくる。「林のずうつと向ふの沼森のあたりから、「赤いしやつぽのカンカラカンのカアン。」と画かきが力いつぱい叫んでゐる声がかすかにきこえました」。これは冒頭に呼応したこの物語の終わりの一文である。

この「沼森」に注目してみたい。

沼森は、一見どこにでもありそうな名前だが、これはおそらく岩手山の南東部、滝沢野にある沼森のことではないかと考えられている。

賢治の初期作品にその名も「沼森」という短篇がある。これは賢治が盛岡高等農林二年の時に実施された地学実習の見聞を書き記したものである。その中に何度か「防火線」という言葉が出てくる。さらに「柏はざらざら雲の波」という一文もある。ほかにも「沼森めなぜ一体坊主なんぞになつたのだ」という注目すべき文章がある。そしてこの箇所に関係すると思われるが、「丘のいかり」というう見過ごせない言葉や、沼森に対して「なぜさうこつちをにらむのだ、うしろから」などという、どこか書き手の罪障感を感じさせる不思議な言葉も、そこには散見されるのだ。ところでわたしたちがいま読んでいる「かしはばやしの夜」もおそらくこの沼森のあたりを舞台にしていると思われるから、わたしには初期短篇「沼森」のこれらの文章や奇妙な言葉がとても気になるのである。

いま、短篇「沼森」の方から「かしはばやしの夜」に照明を当てると、何が見えてくるのか。農夫兼木樵りの清作とかしわの木たちの対立・闘争には、どんな背景があるのか。

沼森の近くに沼森平という湿原があり、そこから沼森の方を見ると「沼森は丸坊主の山だったらしい」と伊藤光弥はのべている（『宮沢賢治と植物—植物学で読む賢治の詩と童話』砂書房、一九九八）。「かしはばやしの夜」の清作は九十八本のかしわの木を伐った。これに短篇「沼森」の方から光を当てれば、沼森が丸坊主になったのは、度重なる樹木伐採の結果ということになる。伊藤氏によれば、滝沢野や沼森のあたりは大正期牧草地にするためにしばしば野焼きが行われた。文中の「防火線」はそのために設けられていたのである。

学生時代の地学実習のみならず、その後も賢治は度々このあたりを歩いている。彼が沼森の伐採や野焼きをどう見ていたか。さきに〝罪障感〟といったのは、そこに賢治の、「丘のいかり」を意識する丸坊主になった沼森の樹木伐採に対する強い屈折した想いを感じるからである。

さてこの物語は、祭りの夜の客人《まろうど》としての画かきと清作が林の中に入り、林の中から出てくるところで終わっている。それは何を語っているか。林の中はいわばこの物語では月の光に照らされた聖域になっている。逆にいえば、林の外へ出たらもうこの物語は成立しないということをそれは語っているのである。

ところでこの物語で清作は招かれざる客である。だから祭りの中のクライマックス「歌合戦」はかしわの木たちが自分たちを殺戮する木樵りの清作を糾弾する険悪な様相を帯びる。かしわの木を伐るもの、清作という設定。「清作」という名前のアイロニー。だがこの、人とかしわたちの利害の対立・闘争は、それが祭りの夜の〝大乱舞会〟、無礼講であることによって今夜だけはかろうじて許されている。

「かしはばやしの夜」が垣間見せる歌合戦の背後には、この「主・客」のあいだに横たわる古代からくり返されてきた闘争の歴史としての政《まつりごと》の見え難い深層の記憶というものがあるだろう。祭りはつねに主客の闘争の歴史なのである。

　ともあれここでの清作は、生活のためとはいえ、悪びれずに木を伐るものであり、かしわたちにとって彼は森を侵すものである。この自然に加えられた暴力を、賢治はだが、一夜限りの祭りにおいて、敵・味方のかけ合いの歌合戦において、つかのま許しているようにみえる。この物語はそこにきわどく成立しているのだ。だからたとえばかしわの木たちと清作とのあいだに喧嘩が始まると仲介役の画かきは「おいおい、喧嘩はよせ。まん円《まる》い大将に笑はれるぞ」という。このとき林の中に射しこむ月の光は、するとその対立・闘争を鎮静化し、あるいは宥和する天上の光の役割を果たしている。林の中と月の光の下でくり拡げられるつかのまの祝祭劇――その二つの条件が満たされなければたちまち崩壊してしまう夢物語、それが「かしはばやしの夜」なのだとここではいってみたい。

　だからこそというべきか、物語が進むにつれて、画かきの存在はたいへん影の薄いものになってゆく。彼は仲介者＝調停者の立場に最後まで徹しきれない。雨が降ってきて祭りが突然中断し、清作が林の中を出ると、画かきはもうすでに「林のずうつと向ふの沼森のあたり」、ほとんど物語の外に逃げ出すように去っている。

物語の最後で沼森のあたりに逃亡者のように立ち去り遠景化される画かきの姿、彼の物語における居場所のなさ、そこにこそじつはこの物語の書き手にとっても困難な場所、あるいはこの「めんどなさいばん」祝祭劇の限界があるのかもしれない。

土神ときつね

生き残った樺の木

『春と修羅』や『注文の多い料理店』が自費出版された大正十三（一九二四）年の前年、賢治の比較的初期の、しかも重要な作品に「土神ときつね」がある。「土神ときつね」は、

一本木の野原の、北のはづれに、少し小高く盛りあがった所がありました。

と書き出される。そしてそこ、この小高く盛りあがった丘のまん中には、「一本の奇麗な女の樺《かば》の木」が立っていたというのである。それが一本木野の地名の由来である。だがなぜそこは「一本木野」なのか。あるいはなぜそう呼ばれるに至ったのか。ここには「かしはばやしの夜」にあったのと同じような事情が、物語の背景にあるように思われる。

一本木野は実際にある地名で、岩手山の東側山麓に広がる滝沢野の原野にある。この原野は明治期、一部は騎兵隊の演習地、一部は酪農地として開拓され、現在はその大部分が陸上自衛隊のやはり演習

地になっている。この物語の中にも「遠くで騎兵の演習らしいパチパチパチパチ塩のはぜるやうな鉄砲の音が聞《きこ》えました」という一文がある。賢治は盛岡中学時代、ここで実際に発火練習（空砲による訓練）に参加し、ときには夜営したりしている。すなわちこの一本木野の原野は、明治期から帝国陸軍の演習地になっていたのである。

賢治はしばしばこのあたりを歩いている。『春と修羅』所収の詩、その名も「一本木野」には、

松がいきなり明るくなつて
のはらがぱつとひらければ
かぎりなくかぎりなくかれくさは日に燃え
電信ばしらはやさしく白い碍子《がいし》をつらね
ベーリング市までつづくとおもはれる

とある。ベーリング市とは、賢治の他の作品にも出てくる北極に近いイーハトヴの架空の都市だから、もしかしたら賢治はここからはるかかなたの北方の空を眺め、このあたりをあるいは「ベーリング行の最大急行」（童話「氷河鼠の毛皮」）もしくはのちの銀河鉄道の出発点と夢想していたかもしれない。

ともあれ、そんな場所が「土神ときつね」の舞台なのだ。

この物語は三角関係のドラマだといわれる。あの一本木野の女の樺の木には二人の男の友達がいる

のだ。一人はハイネの詩集などを小脇に携えてやってくる詩人気取りのインテリのきつね。もう一人は「ごく乱暴で髪もぼろぼろの木綿糸の束のやう」な汚く醜い、だが神としての強いプライドを持った土神である。この二人は近代と前近代の象徴といってもいい。そして女の樺の木はどうやら知識も豊富、いつもやさしくて物腰の上品なきつねの方により強く魅《ひ》かれているようである。

ところでその樺の木を中心にしたこの二人のライバルの住んでいる位置関係が面白い。樺の木に会いに、きつねは野原の南の方からやってくる。それに対して土神は樺の木からは東北の方角、そこから五百歩ばかり離れたぐちゃぐちゃの湿地帯＝谷地《やち》に住んでいる。すなわち丘の上の樺の木を境にして、この二人はほぼ北と南、いわば正反対の方角に住んでいるのだ。そして彼らはその境を越えて互いのテリトリーを侵すことはけっしてない。ここにも物語のきわどいバランスがある。

それにしても土神はなぜそんなところに住んでいるのか。土神は古来遊行《ゆぎょう》神であると同時に、元々は土地の神、屋敷神でもある。遊行神とは、一所不定の巡り歩く神。この神は、春はかまど、夏は門、秋は井戸、冬は庭にあり、それぞれの季節に勝手に場所を動かすと、凶を招くとされている。その禁忌意識はかつては民衆の間に深く根付いていた。だがその意識も近代化とともにいまは薄れつつある。物語の季節は春から秋へ移ってゆくが、そういう時代の急速な変化もあって誰からも顧みられなくなった土神は、もうずうっと以前から本来はそこにいるべき家屋敷からは遠く離れた湿った谷地の小さな祠《ほこら》に住んでいる。つまりこの物語の土神は、もう以前のように人間からは相手にされない、祀られざる神になっているのだ。

二章に、こんなエピソードが描かれている。樺の木が訪ねてきた土神に「もうあなたの方のお祭も近づきましたね」というと、土神は五月九日がその祭りの日だと告げながら、突然声を荒げる。「しかしながら人間どもは不届だ。近頃《ちかごろ》はわしの祭にも供物《くもつ》一つ持って来ん」、と。人間どもはもうこの由緒ある屋敷神を祀る必要を感じなくなっているのである。柳田国男のいう雑神というべきか。時代から見捨てられ、忘れられてゆく神々たち。そういう明治近代の神々の黄昏の一齣がここにもある。

この土神は、樺の木に想いを寄せながらそのような強い疎外感、被害者意識もあって、それ故新しがり屋のきつねに異常なまでの嫉妬を燃やし、一方でいまなお神であることの強いプライドから、人間たちに激しい憎悪をいだいている。彼は「怒り」に燃える神なのである。一方のきつねはきつねで、樺の木を喜ばせようと、ドイツのツァイス社に望遠鏡を注文してあるなどとつい見栄っぱりのウソをいい、どこか生かじりの皮相な知識で身を飾る虚言癖がある。そしてそういったあとで、「あゝ僕はたつた一人のお友達にまたつい偽《うそ》を云つてしまつた」と自分の虚栄心にひどく苦しむのである。それにしても、とわたしは思う。きつねにはたった一人しか友達がいないのだ、と。見逃しやすい箇所だが、これはおそらく土神にとっても樺の木にとってもそうであろう。

なぜこんなことになっているのか。このあたりの森が、林が、度重なる伐採によって破壊されたからである。丘の上の樺の木はその開拓の惨劇の、いわば象徴的な最後の生き残りの一本なのである。

放置された神の怒り

この物語に対しては、やはりわたしは、それが演習地のためであれ、農場や牧場の開墾・開拓のためであれ、一本木野の惨劇、という強いいい方をしてみたい。

女の樺の木はたまたまその土地のランドマークを果たすかのような場所、丘のまん中の目立つところにあったが故に、かろうじて伐採を免れたのかもしれない。樺の木はこの森林の僅かな生き残りの一本の樹木なのだ。

ところで雑木林や森が破壊されれば、そこに棲んでいた動物たちはさらに森の奥へ追いやられるか、場合によっては生き残ることができずに滅んでしまう。きつねにたった一人、樺の木しか友達がいないのだとすれば、彼もまたやはりこの森の僅かな生き残り、やがて滅びゆく種族であるのだろう。

賢治の大正五（一九一六）年の「沼森」と題された短歌に、

この森の
いかりはわれも知りたれど
さあらぬさまに　草穂つみ行く

というのがある。この「さあらぬさま」には賢治のある後ろめたさ、知っていて知らないふりをするやましき沈黙、どこかこころの底に深くわだかまっている罪障感のようなものがうかがわれないだろうか。ともあれ「土神ときつね」という物語の背後には、紛れもなくこの歌にうたわれた「森のいかり」（あるいは「丘のいかり」）がどす黒く渦巻いている。土神にしても、おそらくは幕末から明治期にかけての神仏習合や廃仏毀釈等、いわば国家の強権によって強引に滅ぼされつつある神なのである。たしかに土神もきつねもよくいわれるように賢治の内なる姿の分裂したふたつの相でもあろうが、それにしても、この物語の、土神、きつね、樺の木は三者三様にそれぞれが異様に孤独である。今回この物語を再読してはじめてそのことが強く印象づけられた。「土神ときつね」は時代に追い詰められたものの行き場のなさ、孤独が生んだ悲劇である。

物語に書かれてはいないが、丘の上の樺の木は、この一本木野に加えられた度重なる伐採、軍事演習等々、この丘の周辺に加えられた数々の国家の方からやってくる理不尽な暴力のありさまをつぶさに目撃してきたであろう。この物語の凄まじいラストシーン、土神がきつねを惨殺する場面、と同時に（それに呼応するかたちで）わたしたちは、丘の上から植物故にその場所を動くことのできない女である樺の木の、この物語における異様なまでの脅え、ふるえにも注目しなければならない。

たとえば、土神の苦悩、せつなさ、絶望、そのあげくの果ての追い詰められたものの挙げる無気味な哄笑は、空へのぼって、必ずこの樺の木のところへ落ちてくる。土神の「空へ行つた声はまもなくそつちからはねかへつてガサリと樺《かば》の木の処にも落ちて行きました。樺の木ははつと顔いろを変へて日光に青くすきとほりせはしくせはしくふるへました」。彼女は何に脅え、何を予感していたのか。樺の木はその位置ゆえに渡り鳥や小鳥たちの憩いの場所にもなっている。そのことが物語の唯一の救いのように冒頭に描かれているが、ここでは、林や森、あるいはこの原野に加えられた国家的暴力の惨劇の目撃者としての樺の木、という視点を、強く打ち出しておきたい。

さらに「土神ときつね」の、次のような読みも紹介しておこう。

たとえば土神の棲んでいる冷たい谷地は「水がじめじめしてその表面にはあちこち赤い鉄の渋《しぶ》が湧《わ》きあが」っている。このことに触れて、谷川雁や小森陽一は、土神は「この地域で砂鉄から鉄を精錬する人々が祀っていた神」だったのではないかという注目すべき見解を提出している（小森陽一『最新宮沢賢治講義』朝日新聞社、一九九六）。ここから引き出される作品の読みはただ一つ、製鉄のためにこのあたりの樹木が大量に伐採されたであろうということである。むろん鉄は明治の国家戦略にとって最重要物資であり、それは直ちに「鉄は力なり」といったスローガン、覇権主義、武器製造や戦争のイメージとも結び付く。「土神ときつね」という物語の背景に横たわる、近代化、急速に変化する時代の風景というものを見ないわけにはいかない。すると谷川氏や小森氏の前記解釈を敷衍すれば、土神はかつてはここで砂鉄を採取していた人間たちによって祀られていたが、砂鉄が採れなくなるとそのまま放置され見捨てられた青銅の神ということにもなる。

賢治は後年の「産業組合青年会」（『春と修羅』第二集所収）という詩の中で、「祀られざるも神には神の身土がある」と招かれた産業組合青年会の会合で突然闇の奥から聞こえてきた声に仮託して「祀られざる神」の怒りを激しく憤りうたっている。どんなに小さな神にもその神の祀られるべき謂《いわ》れと人間が立ち入ってはいけない神域があるというのである。その捨てられた神の憤りは、あの若き日の「森のいかり」、そして土神の怒りと別のものではない。

ここでも時代の嵐はもっとも弱いものたち、丘の上にさらされてたった一本生き残った女の樺の木のような過敏にふるえるものたちのところで激しく吹き荒れているのだ。

鹿《しし》踊《おど》りのはじまり

人と鹿をつなぐ回路

賢治は、『注文の多い料理店』に付した自筆の広告ちらしの中で、「鹿踊りのはじまり」について、「まだ剖れない巨きな愛の感情です」とのべている。

これは、作者自身の、この作品のテーマ（あるいはモチーフ）にふれた言であろう。だとしても、賢治はここでいったい何を語ろうとしていたのだろうか。

だいぶ以前のことになるが、友人の民俗学者赤坂憲雄とやっていたある読書会で、さきの一文については随分話し合った記憶がある。まずこの文の「剖」という字。これをどう読むか。「わか」れない、と読むか。「さか」れない、と読むか。部首の「刂（りっとう）」は刃物の形をかたどったものだから、この「剖」には二つにわける、さく、やぶる等の意味がある。けれどこれは基本的に訓読みの、すなわち読むことの不可能な文字なのである。

ところで「鹿踊りのはじまり」というと、わたしにはすぐにこの「剖」の字が浮かんでくる。広告ちらしの賢治の言葉を借りて、これは「剖」の物語だ、といってみたい。奇妙ないい方かもしれないが、この「剖」の字の背後にはたとえば「解剖」等の文字が明滅し、この文字はあたかもメスで体のどこかを切り裂かれるかのような心身のいたみを、わたしに感じさせるのだ。

すこし先走ったいい方をしたかもしれない。

では賢治が「まだ剖れない巨きな愛の感情です」とのべた「鹿踊りのはじまり」とは、どういう物語なのか。鹿踊りという、いまも岩手の県南を中心に各地で行われている民俗芸能がある。これは一見その鹿踊りの起源譚を語る話のように思われる。その踊りの遠い起源・由来を、いま疲れて黄昏のススキの野原に眠る「わたくし」が秋の風から聴いた話として、この物語は語り出される。ざっとあらすじを紹介しよう。風はこんな物語を語り出すのだ。

主人公は、若い農夫の嘉十。おそらく十四、五歳の少年であろう。その嘉十は祖父たちと一緒に、あるとき新しい開拓地を求めて北上川の東の方から移ってきた。物語の背景を想像するに、おそらく彼らの元いた集落の人口がふえて、そのためしだいに食料が不足し、新しい開墾地が必要になったというところだろうか。そんな同じ開拓農民を描いた物語がこの童話集では、「狼森《オイノもり》と笊森《ざるもり》、盗森《ぬすともり》」にもみられる。

あるとき、その嘉十が、栗の木から落ちて左の膝を悪くする。そしてその治療のために一人西の山脈の「湯の涌く」所へ出掛けてゆく。「湯の涌く」所とは温泉であろう。そこでしばらく小屋がけをして傷を治そうというのである。

物語は、その湯治の旅の途上、嘉十がススキの原野で六匹の雄鹿たちと遭遇し、彼らの踊りを垣間見る不思議な顚末を記している。おそらくこの日嘉十はそのことで生涯忘れられないある体験をしたのである。何が起きたか。なんとそのススキの草むらから鹿たちの様子を覗き見していた嘉十に、突然鹿の言葉が聞こえてきたというのである。語り手はそこをこんなふうに描いている。

嘉十はにはかに耳がきいんと鳴りました。そしてがたがたふるえました。鹿どもの風にゆれる草《くさ》穂《ぼ》のやうな気もちが、波になつて伝はつて来たのでした。

「鹿どもの風にゆれる草穂のやうな気もち」とはどういうものだろうか。むろん想像もできないが、この箇所を何度も何度も読んでいると、わたしの耳にも風に乗って六匹の鹿たちの方からある快い波動のようなものが伝わってくるような気がする。風と光の中で鹿（動物）たちと草穂（植物）たちの「気もち」が一つに溶け合い粒子化し波になってゆれている、そしてその波動の中に嘉十もいる、人と鹿の間に、つかのまそんな言葉以前の不思議な通信の回路が開けた。

この出来事をこんなふうに語ってみてもいいだろうか。

激しく見ること、「じぶんまでが鹿のやうな気がして」それに激しく没入し見惚れることは、どこかでそのものに深く魅せられ感応することでもある。ときにそれはそのもののエロス＝生体を変えること、そのものの身体のキメラ的変身、メタモルフォーゼの起こる瞬間なのかもしれない。この場面を読みながら、主人公の嘉十の名前にふれて谷川雁は、鹿の「鹿《か》」と嘉十の「嘉《か》」が、「十」という文字のうえで瞬間交わった、という卓抜ないい方をしていた（『ものがたり交響』筑摩書房、一九八九）。たしかに「十」は人と鹿の、その異質な二つの生きものの波動＝エロスがきわどく響き合う交点かもしれない。

すると賢治が自筆の広告ちらしの中で、「まだ剖れない巨きな愛の感情です」とのべていたのは、この人と鹿のつかのまのエロス的な合一を語ろうとしていたのだろうか。それがここでいう「巨きな愛の感情」なのだろうか。ここには一種の「ものみな金色にかがやく」楽園願望のようなものがあるのではなかろうか。

だがこの物語では、そこで、その人と鹿の幸福なまどろみを切り裂くようにあの「剖」の字が妖しく動き出すのだ。

楽園追放の物語

「鹿踊りのはじまり」について想うとき、わたしはいつも、嘉十がうめばち草の花のもとへ置き忘れてきた白い手拭いのことを考える。別のいい方をすれば、これは、この白い手拭いが引き起こしたドラマではなかったか、と。

わたしたち人間は、それをたとえば「白い手拭い」などと呼ぶ。だがそれは人間の側の名づけだ。けれどこの物語の鹿たちには、それが何だかわからない。その「白いもの」は、名づけられない、何か無気味なものになってそこに落ちている。こう書いてきたが、説明を要するだろう。物語の場面の情景はこうである。嘉十がススキの陰から覗いていると、鹿たちがうめばち草の花のまわりに集ってくる。それはじつは嘉十が鹿たちのためにその花の下に小さな栃団子を置いてきたからである。そのにおいが鹿たちを引き寄せた。だが鹿たちのめざす食べ物はいまその白い無気味なものの向こうにある。その障害物を取り除かなければ、彼らは食べ物にありつくことができないのだ。

だが（ここで注意しなければならないのは）、くり返すが、その白いもの（私たちが「手拭い」と呼ぶもの）が鹿たちにとってわけのわからないものになっていること、名づけられない無気味なものであるということ、そしてそのようなことも、ススキの蔭からその鹿たちの様子を魅入られたように観察している若い農夫の嘉十の耳に突然鹿の言葉が聴こえてきた、そこに思いがけなく鹿たちとの不思議なコミュニケーションの回路が開けた、そのことによって初めて理解可能になっているということである。

相手の言葉がわかる、そのことによってそれまで知らなかった相手の気持ちがわかるということは、そこでそのものとの関係性が決定的に変わってしまうということでもある。

たとえば同じテーマを扱った賢治作品に「なめとこ山の熊」がある。この作品では熊撃ちの名人猟師の小十郎に、あるとき突然熊の言葉が聴こえてくる。するとそれまでは強い罪悪感を覚えながらも生きてゆくために殺すことのできた相手が、突然殺すことのできない何か別の生きものに変貌する。あるいは小十郎の前で、熊という生きものが、熊という言葉では名づけられない、もっと別の何か犯しがたい個別のいのちの脈動をもった不思議な生きものに変わってしまうのだ。

おそらく「鹿踊りのはじまり」の嘉十にも、それと同じような事態が起こっているのではなかろうか。

言葉、あるいは名づけとは何だろうか。人は名づけることによって何をしているのだろうか。

わたしたちはじつはこの世界に在りながらつねに名づけられないものを名づけている。そうしなければ生きられないからだ。だが一方、名づけられないものが名づけられないままにそこに現れたとき――たとえば「風の又三郎」はそういう物語である――わたしたちは、とても不安になる。そのもの、あるいはそこに出現したもの（事態）にときに途方もない恐怖や無気味さを感じる。だからそれを何とか既知の言葉に、わたしたちが知っている意味の側に回収しようと試みる。そのことによって安心しようとするのである。すなわち言葉、あるいは「命名のはたらきの一つは、不安感ないし恐怖心の消去にある」（市村弘正『「名づけ」の精神史』平凡社、一九九六）。

この物語では、その白いふにゃふにゃしたもの、その名づけられないものを前にしての鹿たちの脅え、混乱、警戒心、そんなものが、鹿の言葉がわかるようになって初めて嘉十にもわかるようになったのだ。わかる、とはそういうことだ。

ところでその障害物を取り除き食べ物を得るために、鹿たちはこの事態にどう対処するか。六匹の鹿たちはなんと一匹ずつ前に出て、その白いふにゃふにゃした無気味なものをなめたり、かじったり、においをかいだり、蹴ってみたり等、それが何であるかを彼らの身体で、あるいは自らの五官を総動員してまさに生命《いのち》懸けで確かめる。それが毒キノコでないこと、かつて狐が殺された口発破《はつぱ》（口に含んだら爆発するダイナマイト）のような人間の仕掛けた鹿狩りの罠でないこと、ともあれそれが自分たちに危害を及ぼすものでないことを、そうやってじつに慎重に慎重に確かめる。ここがこの物語のとても感動的な読みどころでもあろう。

背後に見えてくるのは、この物語は紛れもなく人間に狩られる生きものとしての、人と鹿の悲しい過去の交渉史のようなものであるということである。たとえば『万葉集・巻十六』の「乞食者《ほかひびと》の詠《うた》」には、鹿の、わたしたちをこのように料理して食べて下さい、という狩る（支配する）人間の側への奉仕を約束した、あるいはそれをことほぐ〈寿歌《ほぎうた》〉が収録されている。これは支配者（大和朝廷）に対する鹿たち（被支配者）の側のじつは屈折した服属儀礼の歌でもある。ここでの鹿とはたとえば中央権力から人間以下のものに貶められ差別化されたものの蔑称である。この物語で賢治が見ているのはあきらかに、そのようななまなましい歴史的・政治的文脈のかなたに横たわる人と人ならざるものの遠い裂け目でもあるのだ。

だからこそこの物語の賢治は、このススキの原野に人と鹿がその「ちがひを忘れて」ともに踊り出すつかのまの楽園を現出させようとした。このときあのキメラ（混成生物、風にゆれる草穂のような気持ち）とは、その楽園に生息する風の妖精のような未分化ないのちに与えられた未知の生きものの名前ではなかろうか。

だがこの物語のラストシーン——ススキの陰から覗き見をしていた嘉十がついに自分も鹿のような気がして思わず彼らの踊りの輪の中に飛び出してゆくと、鹿たちは驚いて竿立ちになり、はやてに吹かれた木の葉のようにたちまち西の山の方へ「はるかにはるかに」逃げてゆく。この物語でその「はるかな」人と鹿との距離が縮まることはけっしてないのだ。

いま物語の文脈をこのようにたどってみれば、「鹿踊りのはじまり」とはけっして人がそこへ帰ることができないあの楽園を追放された賢治版アダム（アダムには人間という意味がある）の物語であるのかもしれないと思えてくる。

黄いろのトマト

息で曇る窓ガラス

密閉した部屋の窓やガラスケースの内側にいて息をすると、当然のことながらそのガラスはぼんやりと白く曇る。そこにわたしたちの肺から吐き出された微細な水蒸気が付着するからだ。つまりそれはそのガラスの内側に、息をしているもの、生きて地上の大気を呼吸している生きものの存在があるということである。

賢治の「黄いろのトマト」を初めて読んだとき、わたしは次の一行に震撼させられた。

ガラスは私の息ですっかり曇りました。

何気ない一行かもしれないが、このときわたしはハッとしたのである。そしてこの一行にすぐに冒頭の次の文章が重なった。「黄いろのトマト」は、こんなふうに書き出されていたのである。

私の町の博物館の、大きなガラスの戸棚には、剝製ですが、四疋の蜂雀《はちすずめ》がゐます。

この一文は、次に、行を換えて、「生きてたときはミィミィとなき……」と続いてゆく。「剝製」とは「いまにもとび立ちさう」に見えるが、もう生きてはいないもの、生きているようにさせられている死んでいるものである。それがどんなに可憐でかわいらしく見えても、宙《そら》にむかってりんと胸を張っていても、それが再びミィミィと鳴いたり、青空の下を自由に飛び回るようなことはもうけっしてないのだ。それがこの物語の語り手の「私」のように、その息で窓ガラスを白く曇らせるようなことは、もう絶対にないのである。「ガラスは私の息ですっかり曇りました」という一文は、そのことを強く意識して書かれている。

賢治はこの物語で、このあとに兄と妹の金銭の意味を知らないことが引き起こす哀しい話を描いているが、本当はそれよりも、じつはこのことをこそ書きたかったのではないか、とわたしは思った。このこと——すなわち息で窓を曇らせることができるものと、もう二度とそれができないもの——。くり返せば、「剝製」とは、「生きてたときはミィミィとな」いていたものである。だがそれはもう二度と鳴かないし、二度と口を開かない。冒頭に引用した一行は、この生けるものと死せるものの不条理な対比を、生と死のいわば絶対的な距離を、さり気なく、だがある痛切な想いとともに描き記していたのではないか。

「黄いろのトマト」は、実際にはそういう等級としては存在しない下級官吏十六等官のキュステが、幼い頃博物館の剝製の蜂雀から聞いた話として書かれている。主人公も半ばこの社会には属さないもの、人外のものでもあるかのように描かれている。そのキュステの子どもの頃のいちばん気に入っていた剝製の蜂雀が、つまり死んでものをいわないはずのものが、おそらくキュステがあまりにもその蜂雀に深く魅入られたためにあるとき突然口を開く。「ペムペルといふ子は全くいゝ子だつたのにかあいさうなことをした。ネリといふ子は全くかあいらしい女の子だつたのにかあいさうなことをした」と。そして蜂雀はキュステにあるお話を語り出しては、途中でにわかに口を噤《つぐ》んでしまうのだ。ペムペルやネリにどんなかわいそうなことがあったかはついに語られない。剝製の蜂雀はいつまで経っても語り出そうとしない。ともあれ、こうして、死んだものが口を開く、「剝製」になったものが突然ものをいいかける——そんなありえないことがありえた幼い日のキュステの身の上に起こった一種のお伽話めいた不思議な出来事として、この物語は語り出されているのである。

そのことを踏まえてさらに、冒頭近くにある次の文章を読んでみよう。

> あの美しい蜂雀がたつた今まできれいな銀の糸のやうな声で私と話をしてゐたのに俄《には》かに硬く死んだやうになつてその眼もすつかり黒い硝子玉《ガラスだま》か何かになつてしまひいつまでたつても四十雀ばかり見てゐるのです。おまけに一体それさへほんたうに見てゐるのかたゞ眼がそつちへ向いてる

やうに見えるのか少しもわからない……。

この箇所を初めて読んだとき、わたしはしばらく体がふるえた。戦慄を禁じえなかった。これは身近に、あるいはその人の枕許で、たったいままでそこで息をしていたものがにわかに息をしなくなる、そのものの死にゆく瞬間をまさに生身で体験したことのあるものの描写だと思ったのだ。それほどこの場面の臨場感はなまなましい。とくに「その眼もすつかり黒い硝子玉か何かになつてしまひ」という箇所は、わたしにすぐに詩篇「青森挽歌」の中の次の詩句を想い起こさせた。

にはかに呼吸がとまり脈がうたなくなり
それからわたくしがはしつて行つたとき
あのきれいな眼が
なにかを索めるやうに空しくうごいてゐた
それはもうわたくしたちの空間を二度と見なかつた

むろんこれは賢治の妹トシの死にゆく場面を描写したものである。ちなみに「黄いろのトマト」は大正十三（一九二四）年頃の執筆と考えられているから、これは妹トシの死後一年か一年半足らずの作品である。

「黄いろのトマト」は前半に〝原稿なし〟の箇所があり、ストーリーにも空白があったりして、妙にバランスの悪い物語である。作者はいったい何を書きたかったのか。わたしはむしろその焦点が故意にはぐらかされているような印象を受ける。あの剝製の蜂雀はこれはほんとうにかわいそうな物語だとくり返しキュステに語るが、やっと本篇で語られることになるその「お話」は確かにかわいそうにはちがいないけれど、蜂雀が何度もいい淀み、もう語れないと口を噤むほど、読者には（少なくともわたしには）かわいそうな話には思えない。作者はむしろここで本当に語りたいことを語っていないのではないか。蜂雀の突然の沈黙とその後に語り出される「お話」は、むしろそれを語らないためにこそ語り出されているのではないか。それとはむろんさきに引用した美しい蜂雀の直接的な死の体験を語った文章に深く息づいているものである。

「黄いろのトマト」のかなしみはラストシーンよりもここでこそもっとも強く鳴っているように感じられる。

執筆時期を考えれば、わたしたちはこの作品に妹トシの死の影をみてもいいのではないか。とりわけ冒頭部分の引用した幾つかの箇所には、あの「永訣の朝」（「無声慟哭」三部作）のそれを言えない詩人の、やがて「銀河鉄道の夜」にまで持ち越される天上の沈黙と無量の想いを読み取ってもいいのではなかろうか。

「雁の童子」など

天から堕ち、天に還る

二〇〇七年は中原中也生誕百年ということで、詩の雑誌『現代詩手帖』四月号が中也特集を組んでいる。その中の座談会で、賢治と中也を比較しながら、作家の高橋源一郎が面白いことをいっている。賢治のあの特異なオノマトペは「人間のオノマトペじゃないのかもしれない」「ほんとに動物の声かもしれない」、と。

さらに氏は、次のようなこともノべている。「人間はDNA的に歴史を遡っていくと森のなかの獣だったわけだから。脳っていうのは、まず一番表面に意識の部分があり、一つ内側に入ると、動物の頃の記憶があるというんですね。そういう方向にチャクラを開いているんじゃないか」。

チャクラというのは、ヨガの身体観だが、身体の各所に存在するエネルギーの集結部、といったらいいか。これは以前わたしが、カール・セーガンの言を紹介しながら、あの「R複合体」について、あるいは賢治の修羅意識には古代の爬虫類の記憶が蠢いているとのべたことと深く呼応するだろう。

動物の声、植物の声（そのような人ならぬ声も宮沢賢治にはあるように思うのだが）、それをそれ自体のエロスの脈動において生きようとするところに顕れる動物のいのち、植物のいのち、とこれをいい換えてもいい。そこには賢治がたとえば「幽霊の複合体」（『春と修羅』序）と呼んだキメラ的な身体を深く自覚した（むしろ自己の内部のそのような身体のさまざまな生きものの相が混在するいのちの蠢きを共に生きようとする）、これまで誰も記さなかった生命体の心身の記録が、賢治文学にはあるのだともいえよう。

あるいは、若き日の、次のような短歌はどうか。

なつかしき
地球はいづこ
いまははや
ふせど仰げどありかもわかず

これは、賢治十八歳、大正三（一九一四）年の作品である。この時期賢治は盛岡中学を卒業し、進路問題等で父と激しく対立、将来の見通しが立たないまま花巻で思い屈した悶々たる日々を送っていた。堀尾青史編の「年譜」には「ノイローゼ気味」の記述もみえる。そのような伝記的背景を考えて、この歌からは自分を地球外生物の位置に追いやったかのような当時の賢治の地上における居場所のなさ、強い抑鬱、疎外の感情を読み取れないこともない。だがそれにしてもこれは詠まれた時代を考えたら驚くべき新しい歌ではなかろうか。

続く連作、

そらに居て
みどりのほのほかなしむと
地球のひとのしるやしらずや

これを読むと、「なつかしき／地球はいづこ」や「地球のひと」という発想には、あきらかに地球外からこの青い大気に覆われた地球を見る目がある。とてもバーズ・アイどころではない。近年のSF映画が描くような、宇宙船でも乗ってその窓越しにはるかかなたの豆粒ほどの小ささの地球を眺めやるエイリアンの目、あるいは何十年か前に地球を出発し、いまようやくその帰還の途にあるものの目が（その人が日本人だとして）このような短歌を詠んだら、さぞかしふさわしかろう、というような歌である。

賢治はいつこのような宇宙人、あるいは地球外エイリアンのような目を自己のうちに育んだのか。いつそれを生きものの身体の目として獲得したのか。そしてこのことと、さきの高橋源一郎のいう、これは「人間のオノマトペじゃないのかもしれない」「ほんとに動物の声かもしれない」という賢治作品に対するわたしたちの同じような感慨・驚きは、深いところで通い合うのではなかろうか。

賢治はいわば四次元空間をさまよう〝銀河のさまよい人〟あるいは〝時空の旅人〟としてそのヴィジョンの中でいつも「なつかしき地球」を探していたのかもしれない。あの童話「雁の童子」のように、自分を天から堕ちてきたもの、そして一時的にこの地上に滞在し、また時至れば天に還ってゆくもの、と考えていたのかもしれない。それがこの世に生を受けたものの辿るべき宿命なのだ、と。

前世の記憶を描いたともみえる「雁の童子」の物語には、こんな場面がある。西域を巡礼している旅人が、砂漠のオアシスのうしろに小さな祠のあるのを見つけ、そこで休んでいる同じ巡礼の老人にその祠のいわれを尋ねる。すると老人は「まるでこの頃あつた昔ばなしのやうなのです。この地方にこのごろ降りられました天童子《てんどうじ》だといふのです」。老人のいう「この頃あった昔ばなし」とはあらゆる賢治童話の、過去にして未来、未来にして過去でもあるような輪廻転生の循環する時空をさまよう声や語りの性格をいいあてているのではなかろうか。

「雁の童子」をはじめ「インドラの網」などいわゆる西域を舞台にした一連の作品は、さながらありえたかもしれない賢治のもう一つの生涯の、数奇なエピソード集といった趣を呈している。あるいは罪あって天から流されたという人のいのちのありようは、どこかでいまこうしてこの地上に生き永らえているわたしたち（人間）のある宿命的な姿、オアシスのような場所での人と人との出会いやこの世への奇蹟のようないのちのつかのまの顕れを語っているようにも思われる。

やまなし

名づけのかなたで

「やまなし」は、

小さな谷川の底を写した二枚の青い幻燈です。

と書き出され、その二枚の幻燈に対応するように一章「五月」、二章「十二月」の二章から成る。これは水底に棲む子蟹の視点から描かれた物語であるが、冒頭に、その子蟹たちの有名な会話がある。

『クラムボンはわらつたよ。』
『クラムボンはかぷかぷわらつたよ。』
『クラムボンは跳てわらつたよ。』

この子蟹たちの謎のような会話をめぐっては、当然これまでに、クラムボンとは何かをめぐるさまざまな議論がある。水の泡、影、日光、水の流れ、アメーバ、何かの精霊のようなもの等々。だがともかくそれは「わらう」ものであり、「跳ねる」ものである。笑うや跳ねるは擬人法だろうか。笑うのは人だけだろうか、他の生きものも笑うのだろうか。だがそれにしてもそれをそう意味づけ（言語化）できるのは人間だけだから、クラムボンの笑いも、やはりわたしたち人間の側の意味づけ、認識や言語システムの秩序の中にその現象を事後的に回収したひとつの解釈や理解にすぎないのではなかろうか。

最初からややこしい問題に入りこんでしまったが、けれどこれがこの作品の核心なのだ。あるいはこれは谷川雁がいうように「カニの感じるクラムボンの笑いとは、どんなものか」（『賢治初期童話考』潮出版社、一九八五）がわたしたち人間にはわからない限り、それはたえずわたしたちの意味づけや理解の限度を越えて、そのむこうに逃れ、あふれ出てしまうのではないか。目の前で現に起こっていながら、けっして名づけえないもの、名づけえないことにおいてむしろいきいきとそこに現象し、息づいているもの。それを人間の意味や解釈、合理の方に引き寄せてはならないもの、かつまたけっして引き寄せることができないもの。ここに描かれているのは、そういうありふれた、かつ奇蹟のような世界の出来事ではないのか。

クラムボンは何かという問い、あるいはその言葉は、むしろ擬人法やある種の言語的な暗喩のかなたにおいてこそ現象し生成している。そこで起こっていることは何も特別なことではない。それはまさに〝泡〟のようにたえず結ばれたり、はじけたりして、瞬時も止むことがない。それがそのまま世界のいたるところで起こっている、意味が汲み尽くすことのできない謎である。クラムボンはその解き難い何かであるような場所に書きこまれた誰にも読めない言葉であり、会話なのかもしれない。あるいはそれを言語で表すことの背理のような場所にこそ、たとえば賢治作品のオノマトペ（前意味、擬音語、擬態語、声喩等）は顕れるのではなかろうか。

次のような場面を読んでみよう。

水底の子蟹たちが見上げる水面をいま敏捷な何かの魚が行ったり来たりしている。そこにいきなり「天井に白い泡がたつて、青びかりのまるでぎら〳〵する鉄砲弾《だま》のやうなもの」が上から物凄いスピードで飛びこんでくる。と、次の瞬間、それまで見えていた魚の姿がたちまち見えなくなってしまう。語り手はそこを、こんなふうに描写する。

兄さんの蟹ははつきりとその青いもののさきがコンパスのやうに黒く尖《とが》つてゐるのも見ました。と思ふうちに、魚の白い腹がぎらつと光つて一ぺんひるがへり、上の方へのぼつたやうでしたが、……

この「のも見ました」といういい方は、まだ他にもいろいろ見たものはあるのだが、それはここでは出来事のあまりの衝撃のために容易に言葉には表現できないということだろうか。ともかく兄さん蟹の目は、この何が起こったのかわからない瞬時の出来事を名づけえないままに、けれどその細部まであたう限り正確に、むしろ「はつきり」と見ている。細部まで「はつきり」と見ているにもかかわらず、何が起こったかわからない。ただ何かいままで経験したことのない未知の途方もないことが目の前で起こった。

これまで経験したこともない恐ろしいことが起こったにもかかわらず、しかもその出来事の一部始終を細部まで「はつきり」と見たにもかかわらず、それ（何が起こったか）についていうことができない。だからこそ「やまなし」のこの場面は怖いのである。これは子蟹たちに限らず生きものの生存感覚を脅す原初的な恐怖体験でもある。その結果二匹の子蟹たちはぶるぶるふるえ、声も出ず、ただその場に「居すくまつて」しまう。脅え、動けなくなってしまう。

そこへちょうどお父さん蟹が出てくるのだ。そしてこのお父さん蟹は子どもたちの話をじつに注意深く聴きながら、いまここで何が起こったかを説明する。その飛びこんできた青いものは「かわせみ」というんだ、かわせみがその魚を獲《と》ったんだ、と。ここでの父親の役割は、だから、そこで起こった出来事を説明し（つまりは名づけ）、世界に意味と秩序を回復することにあるだろうか。父親は登場すべきときに登場して、子蟹たちの恐怖を柔らげ、その求められている役割を果たす。これは「銀河鉄道の夜」のジョバンニの父親とは対照的だ。そして一章は、次の一文で終わる。「光の網はゆら〱、のびたりちゞんだり、花びらの影はしづかに砂をすべりました」。

こんな途方もないことが起こったにもかかわらず、それでも世界は当たり前のようにまた謎のように「ゆら〳〵、のびたりちゞんだり」しながら、この水底の光の網のように一刻も休むことなく動いている。「やまなし」の奥深さはここ、それを言葉ではけっして把握できない領域にあるのではなかろうか。謎はいつも言葉と、それが触れることのできないその先にあるのだ。

子蟹たちのスケール

実物の「やまなし」を見たことがあるだろうか。その大きさを御存知だろうか。

わたしが実際にやまなし（山梨）を見たのは、十数年前のこと。そのとき、その大きさ、むしろ小ささを知ってショックを受け、それまでとこの物語の読み方がまるで変わってしまう気がした。やまなしは梨の原生種で、直径がせいぜい二センチくらいのもの。ところでやまなしの実物の小ささを知らないと、この物語をわたしたちは読みまちがえてしまうかもしれない。そのとき強くわたしはそう思った。ここではそのことを書いてみたい。

この物語はさきにのべたように小さな谷川の底を舞台に、「五月」と「十二月」、二つの章から成り立っている。季節でいえば、春たけなわの頃と晩秋、といったところだろうか。その晩秋の章にはじめてやまなしが出てくる。谷川に張り出した木の枝からやまなしの実が水中に落ちてくるのである。それを子蟹たちが水底から見上げている。やまなしの落ちてくる場面を、子蟹たちの目に映ったものとして、語り手はこんなふうに描き出している。

そのとき、トブン。

黒い円い大きなものが、天井から落ちてずうっとしづんで又上へのぼって行きました。

この「トブン」というオノマトペにわたしはひどく驚いた。むしろやまなしの小ささを知ってこの表現に改めて衝撃を受けたといってもいい。なぜ「トブン」なのか。なぜ「ドブン」や「トプン」ではないのか。おそらく凡庸な作家だったらここはつい「ドブン」と書いてしまいそうなところである。けれどそう書いたら、そのいささか無神経な轟音とともにこの「やまなし」の小さな物語世界はたちまちその音に破壊されてしまうだろう。この「トブン」は表記も微妙だが、同時に書けそうでなかなか書けない擬音ではないか。それはむろん賢治がやまなしの大きさ（その小ささ、あるいは軽さ）をよく知っていたからである。そしてそれを知らないとこの物語を読みまちがえてしまうとわたしがいったのは、ここにじつはこの物語のスケール（尺度）があると思ったからである。たとえば直径二センチくらいのものが、この子蟹たちには「黒い円い大きなもの」に見える。これは相対的に、この子蟹たちがいかに小さいかを語っている。あるいはこの「トブン」の微妙にしてじつに繊細な音、そこには、そんな小さな生きものに対する語り手の何か深い慈しみの感情さえ動いているようにわたしには感じられる。

冒頭、この春の小川は音をたてて流れ、ひどく泡立っている。なぜかくもこの小川はぶくぶくと泡立っているのか。あるいは語り手はなぜそのことをことさらのように強調するのか。あの子蟹たちの会話に出てきたクラムボンという不思議な言葉はわたしにはそのことの象徴のように思える。季節は春。水の中がかくも泡立っているのは、その水中に目覚めたばかりのたくさんの生きものが生息し、息づいているからだ。この谷川の泡立ちは雪解け水の速い流れでもあろうが、それと同時にそれらの生きもののいのちが吐き出す息、呼吸、泡でもある。そしてそこにあらゆるいのちの源でもある日の光が溢れんばかりに降りそそいでいる。これはいかにも明るく騒《にぎ》やかな春の谷川の光景だが、二章では一転して場面は夜、谷川には生きものの気配もなくただ晩秋の美しい月の光が水の底まで透明に射しこんでいる。その中で蟹の子どもたちは泡の吐き比べをしている。

「やっぱり僕の泡は大きいね」兄の方がいうと、「大きかないや、おんなじだい」と弟はがんばっていい返す。

この子蟹たちの泡比べは、人間の世界でいえばさしずめその成長を競う力比べにもたとえられようか。より大きな泡を吐き出せるということは、この半年の間にそれだけ子蟹たちが大きくなった、成長したということでもある。そしてこんな子蟹たちの泡比べのほほえましい兄弟ゲンカの場面に、またしても突然天井からやまなしが落ちてくるのである。やまなしも彼らにとってはそれまで見たこともない未知の侵入物である。

第一章では同じような場面に「青びかり」する「鉄砲弾のやうなもの」が飛びこんできた。それはかわせみがイワナかなにかの魚を捕食する場面だったが、それをいまわたしがのべたように「かわせみが飛びこんできた」と説明したのでは、そのときの子蟹たちの感じた恐怖は消えてしまう。そのときの彼らにとっては突然何かわからないとんでもないものが飛びこんできて、とんでもないことが目の前で起きた。その容易に言語化できない出来事のなまなましさ、そしてこのときのこの子蟹たちの心身が感じている生命の原初的な脅え・恐怖は、同時にこのときの語り手が全身で感じている心身のふるえでもあろう。

おそらく子蟹たちはこの春先に産まれたのだろう。だから彼らはまだ一年の季節のサイクルを経験していない。これが初めての春、初めての季節のめぐりなのだ。そしていま子蟹たちには、この世界のすべての出来事が新鮮でかつ未知の驚きに満ちたものになっているのである。

「小ささ」と「遠さ」

「やまなし」は一章が春、昼の世界。子蟹たちの棲む水中には、日の光がいっぱいに降りそそいでいる。二章は、晩秋、夜の世界。澄みきった月の光が水底まで青白く射しこんでいる。つまりこの物語世界を光が浸し、日・月がめぐっている。

その二章の冒頭に、いかにも賢治らしい、こんな文章がある。

そのつめたい水の底まで、ラムネの瓶《びん》の月光がいつぱいに透《すき》とほり天井では波が青じろい火を、燃したり消したりしてゐるやう、あたりはしんとして、たゞいかにも遠くからといふやうに、その波の音がひゞいて来るだけです。

わたしは「やまなし」を読むたびにいつもこの「遠くから」あるいは「遠さ」について考えてしまう。この「遠く」あるいは「遠さ」は、どのような遠くであり、遠さなのだろうか、と。谷川の上流、おそらく滅多なことでは人間の立ち入ることのない領域、むろんそんな所で生きている生きもののことについては誰もあまり気に留めないのではなかろうか。だがこの作品ではここは大事な留意点のように思われる。ふだんは人間の思考の外にある、誰もほとんど考えてもみないような世界の片隅に生きている（だが、片隅とは何だ?）、息づいている、小さな生きものたち。この〝いのち〟の小ささとあの「遠さ」は、けれどどこかで深く照応しているのではなかろうか、と。この「遠く」「遠さ」はいわばその〝いのち〟がやってきた場所の遠さなのだ。けれどこの遠さを言葉はたどれない、あるいは誰も言葉ではそれを語ることができない。

そしてこの物語の中を、そのはるかな「遠さ」を、つねに恩寵のように太陽がめぐり、月がめぐっている。この物語で賢治が書きたかったのはそのことではなかろうか。その太陽から、月から届けられたかなたからの〝光の手紙〟。それをわたしたちはいまここで受け取る。たとえばあの「おかしなはがき」のように。あるいはいまどのように人はそれを受け取ることができるのか。その未知の領域での心身の開き方——それを問うているのが宮沢賢治の文学なのだといってもいい。一言でいって、この「遠さ」は、〝いのち〟がやってきた、そしてそれがいまここに顕現しているわたしたちのいのちの場所の由来の知れない遠さなのだといってもいい。地上のこのようないのちの顕れ、蠢きを、わたしたちのどんな言葉が説明できるというのだろう。この「遠さ」はそこに顕れているものだ。あるいは賢治文学はどの作品もいつもその説明不可能な謎・言語化不能なものに触れている。
一章で、水中を自由に泳ぎ回っていた魚が突然天井に吊り上げられ見えなくなったとき、子蟹たちは、お父さん蟹にたずねる。

『お父さん、お魚はどこへ行つたの。』
『魚かい。魚はこはい所へ行つた。』

天上からかわせみが飛びこんできて、イワナかハヤを捕獲した。だがそのイワナかハヤもそのとき何か別の生きものを獲って食べていたのである。食べることは、食べられるものにとっては死、この地上からそのいのちが消えることを意味する。けれどここでは死は終わりではない。それは宇宙のいのちの連綿たる循環、元素的な存在の連鎖の中にある。あるいはそのような循環するいのちの大いなる肯定が賢治文学の核心なのだといってもいい。

「やまなし」は、大正十二（一九二三）年四月『岩手毎日新聞』に発表されたものである。賢治は、その約半年前に、妹トシの死に直面している。そのショックから、さらにその四カ月後、彼は死んだ妹トシの魂のゆくえを求めて、当時の日本の最北端、樺太までの旅をする。そのときの自殺さえしかねないなまなましい傷心旅行のドキュメントである詩「青森挽歌」には、次のような詩句がみえる。

とし子はみんなが死ぬとなづける
そのやりかたを通つて行き
それからさきどこへ行つたかわからない
それはおれたちの空間の方向ではかられない
感ぜられない方向を感じようとするときは
たれだつてみんなぐるぐるする

子蟹たちの「お魚はどこへ行ったの」という問いには、この詩の妄想やいたみの中でのぐるぐると混乱した問いが、呟きが、この時期の生身の賢治の声と重なって響いてくるように感じられる。

「やまなし」は一章が動物の死を、二章は植物の死を描いている。二章のやまなしの死は木の実が熟して自然に枝から離れ、谷川の中に落ちてきたものである。そこには一章の暴力的な殺戮のイメージはない。落ちてきた木の実は長い時間をかけて腐敗しながら水の中にいい匂いを放ち、少しずつその中に溶けこむように死んでゆく。しかもその緩やかな死は蟹たちにとって天上から落ちてきた思いがけない贈り物（食料）となる。

自然の恵み、天からの贈与としての緩やかな水の中に溶けこむような死――ここには宮沢賢治にとっての死の理想形、もしかしたら至福ともいうべきイメージがあるのではなかろうか。

このとき子蟹たちの「どこへ」という問いは、冒頭の「遠さ」、あるいはあのはるかな〝いのち〟の場所と別のものではない。「やまなし」にみられる日・月のめぐりの中から訪れた天の贈与としての死。これもまた「銀河や太陽　気圏などとよばれたせかい」（詩「永訣の朝」）からもたらされたものだ。

そしてこの子蟹たちの息づく谷川の水はやがて舞台を星空に移し後年の「銀河鉄道の夜」の天上の川へと流れこんでゆくのである。

セロ弾きのゴーシュ

住居はなぜ水車小屋か

「セロ弾きのゴーシュ」の住まいを考えるとき、わたしはすぐに詩「小岩井農場」の異稿にある、次の詩句を思い出す。

野はらのほかでは私はいつもはゞけてゐる

「はゞける」は、方言だろうか。秋田の比内町（現大館市）で過ごした子どもの頃は、わたしもこの言葉を使ったような気がする。たとえば「もぢっこ、のどさはばけるはんて」などというふうに。ここでは、モチがのどにつかえる、の意だ。前記の例でも、「はゞける」は、つまる、塞がる、さらにはそこからはみ出す、余ってしまう、転じてどこにも居場所がない等々の意味になるだろうか。「野原以外のところでは、私はいつも居場所がない、社会の余計者になってしまう」とこの一行を共通語に訳してみたい。と同時にわたしには、「雨ニモ負ケズ」の次の一節も思い出される。

野原ノ松ノ林ノ蔭《カゲ》ノ
小サナ萱《カヤ》ブキノ小屋ニキテ

ところで、では「セロ弾きのゴーシュ」の主人公ゴーシュは、どんな所に住んでいるのか。物語は、それをこんなふうに描き出している。

それは町はづれの川ばたにあるこはれた水車小屋で、……

「はづれ」「ばた（端）」「こはれた」――なんとも念を押すようなこの「はゞけ」方、二重、三重の疎外意識というべきか、ひと昔前の山口昌男の「中心―周縁」理論でいけばその自ら選び取った周縁感覚＝ハタ（端）モノ意識というべきか。ともあれゴーシュの住まいは、ここでも彼のそのゴーシュ（gauche、フランス語で、歪んだ、不器用、下手《へた》等の意）という名前と深く呼応しているともいえるだろう。要するに彼は人間関係が不器用で、この町の中ではいつも人々から「はゞけて」いるのである。

ところで二つの詩の引用例に出てきた「野原」、あるいは賢治作品の「野」には、どこか古代感覚といったらいいか、ときにまだ人間の手に侵されていない、かつ異世界とこちら側の世界が接触する境目、境界領域のカオスのような不穏な空気が色濃く漂っている。賢治が童話集『注文の多い料理店』の序文で、「これらのわたくしのおはなしは、みんな林や野はらや鉄道線路やらで、虹や月あかりからもらつてきたのです」と語るときの、林や野原は、いわばわたしたちの生活空間の縁、そのすぐ外側にある不穏な領域でもある。賢治作品はこの不穏な境界領域から、その「おはなし」をもらってきたと語っているのだ。

ゴーシュの住まいが、ちょうどそのような人間と人間以外の生きものたち、鳥や小動物、獣たちの棲息する境界領域に設定されたことには、だから留意する必要がある。別のいい方をすれば、このゴーシュの物語、ドラマはけっして町なかでは起こらないのだ。

もう一つ。ゴーシュの住まいに関しては、次のようなことも、わたしは考えてみる。

これは、ゴーシュにとってもそうだが、宮沢賢治にとっても、地上にあってもしかしたら望みうる理想的な住環境ではなかろうか、と。ゴーシュは町の活動写真館の専属楽団・金星音楽団の楽士、セロを弾く係である。どうやら彼は午前中は、水車小屋のまわりに開いた小さな畑でトマトやキャベツを作ったりして自炊しながら、午後になると仕事のために町へ出かけてゆく。好きな音楽もやれて、そんなにわずらわしい人間関係もない自耕生活、これはこれでなかなか恵まれた独居住まいではないか。

多くの研究者が触れているが、「セロ弾きのゴーシュ」のこのシチュエーションは、あきらかに賢治が教員生活をやめて、大正十五（一九二六）年に設立した、当時の岩手の貧困にあえぐ農民の意識改革、社会的・文化的変革の拠点作りをめざした羅須《らす》地人協会の活動を彷彿とさせるものがある。結局この活動は、昭和二年の公権力の介入、その後の賢治自身の病によってごく短期間に終息してしまうが、そのときの賢治の息せき切った異常な熱意、使命感、そしてその後の手ひどい挫折が、逆に実現できなかったこの活動の想い残した夢の残滓として、物語に深い影を落としている。

ゴーシュの働く活動写真館とは、今の映画館。時代はサイレント映画からトーキーへと急速に移りつつあった。とすれば、四方田犬彦もいうように、この活動写真館の専属楽団やそこで働く楽士などはいずれ遠からず変化する時代の方から見捨てられ、やがて「お払い箱」になるような存在である（『心ときめかす』晶文社、一九九八）。

そのことも考えながらあらためて、なぜゴーシュの住まいは、町はずれの川ばたのこわれた水車小屋なのか、と問うてみる。

そこでセロを弾き、畑を耕す独居生活。これは病床にありながら、晩年の賢治が「銀河鉄道の夜」とともに紡いだ、時代から取り残されてゆくものたちの放つ最後の光芒を描いた一編の挽歌でもあるのではないか。と同時にこの物語は死にゆくものの生のかなたにきわどく夢見られた人間と動物の間の真夜中のつかのまの出会い、あるいは賢治自身のかなわなかった夢の宴でもあるのではなかろうか。

真夜中に開かれる扉

「セロ弾きのゴーシュ」は、第一夜に、大きな三毛猫がやってくる。第二夜には、かっこう、第三夜には、子狸、第四夜には、野ねずみの母子がやってくる。

さきにのべたようにこれはゴーシュの住む町はずれのこわれた水車小屋に、夜ごと小動物が訪れてくるという物語である。動物たちは訪れてくるが、人間はやってこない。わずかに最初の晩に扉《と》をとんとん叩くものがあり、「ホーシュ君か」とゴーシュが声をかける場面がある。ホーシュはたぶん彼の数少ない友人なのであろう。けれどこのときもたずねてきたのはホーシュではなく尊大な態度の、大きな三毛猫だった。

この物語では、どんなときに、動物たちが訪れてくるのか。いつゴーシュの小屋の扉はノックされるのか。そしてなによりもここでは、この町はずれの川ばたのこわれた水車小屋が、人間の居住するテリトリーであると同時に、それ以上に動物たちの生息するテリトリーであることを考えてみなければならない。さきにのべたようにこの水車小屋は人間と動物のきわどい緩衝地帯に建っているのだ。ところでどんなときに、動物たちはゴーシュの小屋を訪れてくるか。

第一夜。ゴーシュは夜遅く町から「何か巨《おほ》きな黒いものをしよつて」自分の家へ帰ってくる。帰るやバケツの水をごくごく飲んですぐ「虎みたいな勢で」ごうごうセロを弾き始める。その様子、ゴーシュの猛烈な練習ぶりを、作者は次のように描いている。

夜中もとうにすぎてしまひはもうじぶんが弾いてゐるのかもわからないやうになつて……と。「夜中もとうにすぎて」とは真夜中のいったいどういう時間なのだろう。あるいは真夜中とはいったいなんなのだろう。「自分が弾いてゐるのかもわからな」くなる、このセロとの異様な一体感、なにかに憑かれたように、時間も忘れて、一種トランス状態に陥ったゴーシュの姿——ここでは（少し硬いいい方になるが）時間《とき》も消え、半ば自我が溶解したかにみえる、もはや現実の時間には属さない異次元の時が口を開けているのではなかろうか。それを人間の生きる二十四時間の外に開かれた時間、ある種魔法のかかったトランスの時間とここではいってみたい気がする。

ゴーシュの小屋がノックされるのは、そんな通常ではありえない時間なのだ。もう少しみてみよう。次の晩も、帰宅するやゴーシュはやはり猛烈にセロを弾き始める。十二時をすぎ一時も二時もすぎても彼はまだやめない。「それからもう何時だかもわからず弾いてゐるかもわからずごうごうやつてゐますと誰《たれ》か屋根裏をこつこつと叩くものがあります」。こうして二日目の夜は天井の穴からかっこうが入ってくる。第三夜も、第四夜も、同じようにいわば現実の時間の向こう側、そこに異次元の裂け目ができたようなときに、小動物たちはゴーシュの扉をノックする。

人間の側の時空間には属さない、あるトランス状態の中に開かれる、動物たちへ（動物たちから）の異次元への道、通路。これは人間と動物の境界に開かれる、真夜中の、この小屋の中だけで可能な、ありえないつかのまの宴なのだ。どんなに三毛猫が生意気でも、かっこうがゴーシュにいじめられても、ここにはそういうありえない宴の出会いがある。わたしはそのように読んでみたい。

するとここでのセロ、あるいは音楽は、その人間と動物の間、このありえない真夜中の出会いの場所に、まさにそれを共にかき鳴らす、共に演奏する魔法の楽器として置かれているのだ。

第一夜、大きな三毛猫がゴーシュの畑のトマトを持ってやってくる。ゴーシュはまだ青いトマトを持ってきた猫を見て、「生意気だ」、「ねこのくせに」と怒る。けれども、この場所が猫やかっこう、狸や野ねずみたちの居住空間でもあるとすれば、ここでそこを侵しているのは、つまり「生意気」なのは、本当はどちらかわからない。この野原への侵入者は果たしてどちらなのか。もしかしたらゴーシュの方が、つまり人間の方がここではよほど無神経であり「生意気」なのかもしれないのだ。

このときたとえば大きな三毛猫の「大きな」には象徴的な意味があるように思われる。第四夜には「けしごむのくらゐしかない」小さな野ねずみの子どもが訪れてくる。第一夜から第四夜にかけて、訪れてくる動物たちは、大きなものから小さなものへ、より微弱なものへと微妙に変化している。それにつれてゴーシュのムシャクシャしたこころは、しだいにそれら小さな動物たちの方へ寄り添ってゆく。彼らとのセッションや無償の受け応えによってゴーシュの怒りは笑いの方へとほどけてゆく。

ゴーシュのこわれた水車小屋とは、だから、動物たちにとっては、それが真夜中になれば魔法の音を奏でる、あるいは人間の耳には聴こえない妖しい振動を発する不思議な《音楽の家》へと変貌するのではなかろうか。

その音は心の中の嵐

二十世紀も終わろうとする一九九六年に刊行された西成彦の『森のゲリラ　宮沢賢治』(岩波書店)は、「セロ弾きのゴーシュ」についてのじつにスリリングな新しい読みを提出している。たとえばゴーシュが所属する金星音楽団はいま第六交響曲の練習をしている。そこにこんな文章がある。

ひるすぎみんなは楽屋に円くならんで今度の町の音楽会へ出す第六交響曲の練習をしてゐました。

「円くならんで」は多分にアイロニカルな、この物語のキーワードではなかろうか。つまり「円くなら」ばないと、そのようにみんなが全体に奉仕するかたちで音を合わせないと、交響曲はうまく音を響き合わせることができない。ところが物語のゴーシュは、なかなかみんなにうまく合わせられないのだ。いつも一人遅れてしまう。それで楽長から叱られ続けているのだ。

西氏の論点は、そこに関わっている。ここには西洋音楽至上主義、あるいはベートーベン中心主義とでもいうべきものがある、と。交響曲は一人の指揮者のもとに全体が音を「合わせる」原理で成り立っている。別言すれば、統一、規律、訓練、といった軍隊の集団教育にも通い合うファシズム的理念・イデオロギーが、交響曲という音楽形式の背景には横たわっている。だがこの物語では動物たちとの出会いによってそこにラプソディーやジャズが対置される。

第一夜、三毛猫が訪問したとき、ゴーシュはその生意気な三毛猫をこらしめようと「印度《インド》の虎狩《とらがり》」なる即興曲を弾く。第三夜では、子狸の太鼓に合わせて「愉快な馬車屋」というジャズをやはり即興で演奏する。これらはいずれも独奏曲である。ゴーシュの音楽的な感性や体質は、一人の指揮者の独裁的な指図や支配による交響曲、いわばそれぞれの楽器が音を「合わせる」原理を本質とする音楽よりは、もっと即興的、きままな遊戯的音楽の方に向いているのかもしれない。ともあれ、交響曲vs即興曲、集団vs個人、といった対項関係が、西氏の文章から引き出せる「セロ弾きのゴーシュ」の新しい視点である。

西氏はそれをさらに明治近代の日本の欧化主義、植民地主義における異文化接触の問題として語り出そうとする。賢治がそれをどこまで意識したかわからないが、ただそんなときこの物語の「印度の虎狩」なる即興曲のアイロニーは断然生きてくる。周知のようにインドの虎狩りとは、イギリス統治下のインドでこの時期実際に行われていた、植民地支配者＝統治者の権威を示すための、象徴的な儀式、政治的なデモンストレーションであった。

この物語では、ラストの大団円で、首尾よく第六交響曲を演奏したあとに、聴衆のアンコールに応えて、ゴーシュが破れかぶれになってその「印度の虎狩」を弾く。すると「かういふ大物のあと」に、

「あんな曲だけれども」よかったぞといって、楽長はゴーシュをほめる。楽長の西洋音楽至上主義がカリカチュアライズされて露骨に描かれる場面である。そのあと、楽長は、さらにこんなことをいう。「いや、からだが丈夫だからこんなこともできるよ。普通の人なら死んでしまふからな」。

わたしにはこのセリフがいつも胸にこたえる。いったいどんな想いで賢治はこのセリフを書きつけたのだろう、と。この時期、賢治はもう寝たり起きたりの生活で、おそらく遠からぬ死を覚悟していたにちがいない。体の丈夫なゴーシュは、賢治のかくありたい願望の化身だったのではないか。

さきに、ゴーシュのこわれた水車小屋は、その周囲に不思議な音や振動を発する《音楽の家》かもしれない、とのべた。もっといえばこれはセロが開いた小動物との夢の通路なのだ。セロという楽器はそれを体に抱きかかえるようにして床に置く。その胴体の下にあるテイル・ピンの部分は「楽器を床に支えるためだけでなく、床も共鳴体となって、ヴォリュームを増大させる」音響装置だと中村節也はのべている(『宮沢賢治』13号、「ゴーシュの目指したもの」、洋々社、一九九五)。賢治もセロの振動を「下腹に電気あんまをかけられた様」だといささかエロティックに語っていた(佐藤泰平編著『セロを弾く賢治と嘉藤治』洋々社、一九八五)。

周囲から見たら、水車小屋は、天井も床も小屋全体が真夜中になると不思議な音を奏でて妖しく発光していたにちがいない。そんな情景をわたしは想像する。そして、その音や振動に惹かれて、小屋のまわりに棲む小動物たちは天井に入り、床下にもぐり込み、あるものはついに扉を叩いて訪れてくる。

その中心にセロ、音楽があった。

一方で、セロが奏でるあのごうごうという音は、この時期の宮沢賢治のこころの中を吹き荒れる凄まじい嵐の音でもあったのではなかろうか。

Ⅲ

詩「鉄道線路と国道が」など

小妖精たちの予言

「かしはばやしの夜」や「土神ときつね」で展開した議論を踏まえて、あまり知られていない作品かもしれないが「〈鉄道線路と国道が〉」（『春と修羅』第二集）という詩を読んでみたい。

この詩は、前近代、あるいは当時の東北の民俗社会に突進してくる新時代の象徴でもある急行列車が田園の中を横切っていく様を描いている。詩はこんなふうに書き出される。

鉄道線路と国道が、
こゝらあたりは並行で、
並木の松は、
そろつてみちに影を置き
電信ばしらはもう掘りおこした田のなかに

でこぼこ影をなげますと
いたゞきに花をならべて植ゑつけた

田んぼの中に電信柱が林立している。そしてその傍らを並行して鉄道線路と国道が走っている。これは明治以降わずか数十年の間に劇的に変化した東北地方の新時代の田園風景だろう。この詩は、一方でそんなのどかな風景の中に、

このとき銀いろのけむりを吐き
こゝらの空気を楔《くさび》のように割《さ》きながら
急行列車が出て来ます

いきなり猛烈なスピードでかなたから急行列車が煙をはきながら驀進してくるのである。そしてそれを見ているのが、なぜか折れた火の見はしごに腰かけている西洋の小妖精「赭髪《あかがみ》の小さなgoblin《ゴブリン》」だったり、頰の赤い農家の「はだしの子ども」だったり、「この国にむかしから棲んでゐる／三本鍬をかついだ巨《おほ》きな人」だったりする。最後に出てくるこの「巨きな人」は、にがにが笑ってじっと急行列車の通過するのを眺めている。そして詩の末尾でその人は線路をこっちへ横切ると「いきなりぽっかりなくな」る、消えてしまう、というのである。こうしてこの詩は、

あとはまた水がころころ鳴つて
馬がもりもり噛むのです

と誰かの目が見た一瞬の白昼夢か幻想の風景のように結ばれる。

何が変わったのか。末尾の場面をみると一見時代の風景など何も変わらなかったようにみえて、この詩はかえって突然現れ驀進する黒い急行列車の姿が小妖精を蹴ちらし暴力的に突進してくるように思われ、脳裏の残像としてとても印象的である。

ところで当時（大正年間）賢治の生活圏で急行列車が走っていたのは東北本線だけである。東北本線、東京・青森間が開通したのは明治二十四（一八九一）年。賢治が生まれる五年前だ。ちなみに大正時代になると、賢治の生地花巻は東北本線のほかに、岩手軽便鉄道、新興のリゾート地である瀬川や豊沢川沿いの温泉地帯へ伸びる花巻電鉄などが通っていて、そこは交通の一大ターミナルだった。おそらくその鉄道敷設のためにも、近隣の森や林が伐り拓かれ、枕木や電信柱の設置には、大量の木材を必要としただろう。それがたとえば「かしはばやしの夜」や「土神ときつね」の物語の背景にあることは、すでにのべた。

ここでは、急行列車の驀進する東北の田園風景の中に描きだされた小妖精たちの姿に注目したい。西洋のケルト系の森の妖精でもあるゴブリン、頬の赤いはだしの子ども、三本鍬をかついだ巨きな人。これに折れた火の見はしごや飼葉を食べる馬などを加えてもいいだろうか。彼（それ）らはいずれも、たとえば文明開化や富国強兵等の明治政府のスローガン、急速な西洋化＝近代化によって、すでに、あるいはいずれ遠からず滅びゆくものたちである。ここにあの壊れた水車小屋に住むゴーシュの姿を重ねてもいいだろう。そんな旧時代と新時代の急激な時代の風景の変化を、詩人の目はある痛みをこめて描いている。

わたしはふと、谷川雁の晩年の次の言葉を思い出す。六〇年代のある時期から精力的に宮沢賢治について語りはじめた谷川氏は、我が国がポストモダンといわれる時代に入った頃に、こんなことをのべていた。「賢治の死後（賢治の死は昭和八年だが——吉田注）、約一万年かかって作られた日本列島の村が、四十年後にはほぼ完全に変質しつくしてしまった」「敗戦によっても変わらなかった部分がついに変わった。そのことの意味のほうが敗戦の意味より大きいのだ」（前掲『賢治初期童話考』）。

氏のいう四十年後とは、わたしの二十代に当たるが、ちょうどそれは列島改造と高度成長期を通過した一九七〇年代の日本である。その十数年先にバブルとバブルの崩壊がある。いまから思えば、これは谷川雁の、ほとんど遺言といってもいい衝撃的な告白であり、当時の彼の予言的な深い時代認識でもあった。

谷川氏の言葉からさらに四十年。二十一世紀の新世紀に入って、わたしたちはいまどこにいるのか。どこまで来たのか。

たとえば妖精（フェアリー、fairy）とは、原義的にも運命の示唆や予言的能力を持つ「小さきもの」たちの声をいう。このいずれ滅びゆく宿命を負った賢治詩やその童話に登場する小妖精たちの声や所作は、現在のわたしたちに、何を語ろうとしているのだろうか。これら小妖精たちの〝予言〟に耳を傾けること。それが賢治文学の新世紀の危機に満ちた新しい読まれ方の可能性でもあるのではなかろうか。

ざしき童子《ぼっこ》のはなし

幻のもう一人の出現

賢治文学とは、そこにたえず「幻のもう一人」を発生させる何かではなかろうか。十数年賢治作品に接してきて、わたしはいよいよその思いを深くしている。

ここでは「風の又三郎」につながるモチーフの中で、まずは賢治版『遠野物語』の一バージョンともいうべき「ざしき童子《ぼっこ》のはなし」を読んでみたい。

柳田国男の『遠野物語』(明治四十三年)ではこの小妖精はザシキワラシと名づけられて、本篇に二例収録されている。その一つ第十七話は「旧家にはザシキワラシといふ神の住みたまふ家少なからず」と書き出される。これは別にクラボッコとも呼ばれる。そこではこの小妖精が蔵持ちの旧家の座敷に出現し、ときにその家の運勢を決める不思議な守護霊であることがのべられている。

一方、賢治版ザシキワラシの話はそのような岩手の民間伝承を踏まえつつ、賢治自身の創作になる四つの話が収録されている。

そのうち第一話と第四話の二つは、『遠野物語』の二例に通い合うような内容になっている。たとえば第一話。明るい昼間、誰もいない大きな家で、どこからか「ざわつざわつと箒の音がした」。だが音の主そのものの姿はどこにも見えない。そしてそれを聴いたのが庭で遊んでいた二人の子どもだという。二人というところがポイントだろう。ここにはすでにここにいてそこにいない「幻のもう一人」ともいうべき見えないゴーストが発生している。「二人」とはいつでも分身やゴーストを発生させる装置なのだ。ともあれこの話には、家の内と外の境界に妖しく耳を澄ましている賢治の中の「小さきもの」の原初的な生存感覚がなまなましく動いているのが感じられる。

第四話には、北上川の淵の渡し守の話として、彼が渡し舟に乗せた「きれいな子供」の姿が描かれている。その不思議な男の子は、何某村の笹田の家を離れて、これから更木《さらき》の斎藤の家へ行くところだと渡し守に語る。その後日談では、ザシキワラシの離れた笹田の家はその後急速におちぶれて、逆に更木の斎藤の家はめきめき立派になったという。この話で心に残るのは、そのきれいな子どもが渡し舟の中で「きちんと膝に手を置いて、そらを見ながら座つてゐた」というどこかしんとしたある無気味さを感じさせる描写である。これはわたしに「風の又三郎」の冒頭のシーン、あの風変わりな男の子が、やはり「そのしんとした朝の教室のなかに（中略）ひとりちやんと座つてゐた」という、窓のガラスの向こうの妖しい空気の流れる忘れ難い光景を思い起こさせる。しかも「風の又三郎」のこの子も「どこから来たのか、まるで顔も知らない」と形容されていた。この出所——由来の知れない男の子があの渡し舟に座っていた「きれいな」ざしき童子であってもおかしくはない。「きれいな」はどこか人間離れした妖精的な印象を与える。

賢治バージョンのザシキワラシの話でもっとも有名なのは、何といっても第二話の「大道めぐり」のエピソードであろう。

子どもたちが十人、大道めぐり、大道めぐりとうたって、ぐるぐる輪になって遊んでいた。そうしたらそのうち「ひとりも知らない顔がなく、ひとりもおんなじ顔がなく、それでもやっぱり、どう数へても十一人だけ居りました」。そのふえた一人がざしき童子なのだという。「大道めぐり」というのは〝かごめかごめ〟に似た遊戯だというから、いわゆるこれは柳田国男のいうあてもの遊び（鬼が誰であるかをあてる遊び）であろう。

あてもの遊びには、そこにつねに、こちらからは見えない「幻のもう一人」ともいうべき隠れたものの存在がある。あるいはこの話では十人が十一人になるという数字の選び方に賢治のほとんど天才的とでも呼びたいようなセンスが動いているのを感じる。完全、円環、調和の数字である「十」と、そこから一つだけはみ出した数字、かつそれ自身でしか割り切れない数字、あるいは異数の中の異数でもある「十一」。そこにいわば目に見えない妖しいものが割り切れない異物、ゴーストのように隠れている。むしろここでは隠れながら顕れているともいえようか。それと「めぐり」「ぐるぐる」などめまいや陶酔を誘ったり、時空感覚を狂わせたりするこの遊戯の円環的な所作。「大道めぐり」はトランス（入眠）を誘発しやすい遊戯である。しかもここに登場しているのは七歳までは神の内《うち》と柳田が名づけた、すべて物に感じやすい微妙な年齢の子どもたちである。

「ざしき童子のはなし」は、「風の又三郎」のようにどこか賢治自身の（前世の？）ありうべき似姿、この世にゴーストとしてたち顕れた自画像のように想えるところがある。あるいは賢治の内なる影である修羅が形をなしてつかのま異世界からこちら側に出現した、そしてまたいずこともなく去ってゆく、そんなイメージをわたしはこの話にいだいてしまう。そういえばこの「出現（apparition）」という英（仏）語には「幻影、まぼろし、幽霊」などの意味がある。ザシキワラシが孕む、分身、変身、前世の記憶といった《出現／亡霊》の両義的なイメージは、その後さまざまに変奏されて、いずれ賢治作品の核心をなすテーマになってゆく。

ともあれいま賢治文学は、その行間に、あるいはぺかぺかと明滅する妖しい文字のむこうに、ざしき童子のような無数のゴーストを産出する。『春と修羅』の序詩の中に出てくる「透明な幽霊の複合体」とは、そのようなたえず「幻のもう一人」を発生させる賢治文学のありようをも語っているのではなかろうか。

風の又三郎

怪異譚としての物語

賢治晩年の未完の傑作「風の又三郎」は、よく知られたあのうたから始まる。

どつどど　どどうど　どどうど　どどう

物語が語り出されるのに先立ってうたわれるこのうたがうたわれなければ、「風の又三郎」という物語は始まらなかったといえるだろう。こういういい方もできる。これを風のうた、風のオノマトペとすれば、「風の又三郎」もまた（賢治の他の多くの作品がそうであるように）風とともに始まった物語、あるいは風がそのものに何かしら息を吹きこんで動き始めた物語といってもいいのではなかろうか。

風のうたが「だんだん人のことばにきこえ」（「鹿踊りのはじまり」）、やがてそれが、この場面では、

青いくるみも吹きとばせ
すつぱいくゎりんもふきとばせ

と、ある意味内容を伴った無気味な言葉を語り出す。奇妙ないい方かもしれないが、風の言葉（その意味以前の〝どつどど　どどうど〟という音の分子）がこのようにある意味を伴った人の言葉を語り出すまでには、何万年、あるいは何億年のときが流れたのだろうか。それとも風の言葉が人の言葉に変わる、その劇的な変化、カタストロフィはほんの一瞬の出来事だったのだろうか。「風の又三郎」の冒頭を読むたびにわたしはいつもそんな想いに駆られる。

ともあれ地球に大気が生まれたときから、風はこの地上を吹き渡っている。その風を呼吸して地球上のニンゲンも含めたあらゆる生きものは息づいている。ギリシャ語で風や息・呼吸のことをプネウマ（pneuma）という。素朴ないい方だが、風を呼吸して何万年、何億年かのときが経ち、あるときこの地上に「人のかたち」をしたものが、あるいは動物や植物が生まれたのだ。だから「風の又三郎」の冒頭の風はいまここを吹き渡りながら、同時に何万年のかなた、何億年のかなたからやってきたははるかな時間《とき》と遠い謎のようないのちの脈動を伝える音（うた）ともいえるだろう。それがいま冒頭で鳴っている。あるいは物語の中でたえず鳴り続けている。

それが「風の又三郎」の始まりの光景なのだ。そういってみたい。

ところで天沢退二郎は、冒頭の「青いくるみ」や「すつぱいくゎりん」の「青さ」「すつぱさ」にふれて、これはまだ食べられない未熟な果実たち、すなわちこの物語に登場する未成熟な子どもたちの姿をも象徴しているとのべている（『謎解き・風の又三郎』丸善ライブラリー、一九九一）。卓抜な意見ではなかろうか。もしそうだとすれば、「風の又三郎」冒頭のこのどこか荒々しいアナーキーな風は、青い果実、そんな未成熟な子どもたちなんか吹き飛ばしてしまえ、とうたっていることになる。「吹き飛ばす」はこの場合、子どもたちの死を意味している。

実際「風の又三郎」という名前が出てくる賢治童話は他にもあって、ある物語ではこの風の神を見た男の子はその日のうちに死んでしまうという「風の三郎」にまつわる民間伝承を仮装したストーリーが語られている（「ひかりの素足」）。これはだから恐ろしい死に神のような怪異な「風の又三郎」の姿である。あるいは「イーハトーボ農学校の春」が描き出す、「風野又三郎だって、もうガラスのマントをひらひらさせ大よろこびで髪をぱちゃぱちゃやりながら野はらを飛んであるきながら春が来た、春が来たをうたつてゐるよ」。こんな春の光の妖精のような無邪気な「風の又三郎」の姿もある。

ところでこれからわたしたちが読もうとする「風の又三郎」には、その意味では怪異な死神的な要素が強いかもしれない。

あるいは、こういった方がより適切だろうか。

「風の又三郎」には目に見えるところで動いているドラマと、目に見えないところで動いているドラマ――それを表層のドラマと深層のドラマといってもいいが――の二つのドラマがあるのだ、と。

たとえば「風の又三郎」をストーリーに沿ってこれを表層のドラマとして読めば、それは北海道からやってきたすこし風変わりな転校生と東北の谷間の村の子どもたちとの牧歌的な交流、つかのまの出会いと別れを描いた一種の友情物語ということになるだろう。けれどこの物語では、そのようなほのぼのとした牧歌的な読みには収まりきらない無気味な音や声やざわめきが、たえず物語の中に開いた穴や淵や裂け目からそれこそ風のように吹き上げている。たとえば、こんなふうに。「みんなが又あるきはじめたとき湧水は何かを知らせるやうにぐうつと鳴り、そこらの樹もなんだかざあつと鳴つたやうでした」(「九月四日　日曜」の章)。

こんな何かを予告するような不吉な描写がじつはいたるところにあるのだ。「風の又三郎」はその意味ではほとんど怪異譚である。

この物語では主人公の高田三郎のみならず、物語のいたるところにゴースト(亡霊、影、二重身)が発生するのだ。別のいい方をすれば「風の又三郎」は、物語の深層のいたるところで、こちらから(あるいは人間の目から)は見えないところで、たしかに誰か(何か)「幻のもう一人」の姿がいつも妖しく蠢いているのである。

窓ガラスという装置

二学期のはじまりの日、北海道からやって来た不思議な転校生は、その名を高田三郎、といった。だが、物語あるいは語り手は、最初からこの子を高田三郎と呼んでいるわけではない。最初この子は、九月一日、新学期の朝の教室に「どこから来たのか、まるで顔も知らない」おかしな子どもとして登場する。台風のような強い風の吹いた二百十日の朝に突然姿を現したこの不思議な子どもを、村の子どもたちはそのあまりの異装ぶりにみんなであれこれうわさをする、「あいつは外国人だな」「学校さ入るのだな」等々と。

この子の髪が赤くて、半ズボンをはいた都会風な身なり、さらに赤い半靴をはいたりしていたところからも村の子どもたちにはほとんど異国の人と見えたものであろう。ともあれこの子は、雪袴（和服）で学校へやってくる村の子どもたちとは著しくちがう、ことさらのように異風の身なり、あるいは語り手によって「赤」という色でマーク付けされたじつに印象的な姿で物語冒頭の教室の中に登場するのである。

このあと村の子どもたちは運動場、すなわち教室の窓ガラスの外から、その内《なか》にいる不思議な子を次々とはやしたてる。「誰だ、時間にならなぃに教室へはひつてるのは」「お天気のいゝ時教室さ入つてるづど先生にうんと叱らへるぞ」。

窓ガラスを隔てての、このはやすものとはやしたてられるもの。古来はやすには、相手を元気づける、賦活する（息を吹きこむ）、という意味と同時に、いじめる、からかう等の意味もあるが、このいじめ・からかいが究極的にはこの男の子＝よそものを物語から排除する、追放する、というところまでゆく。その意味でこの場面は以後展開されるこの物語の行く末を暗示しているともいえよう。そしてこのとき教室の内と外を隔てる窓ガラスは、その窓ガラス自体がそこに神秘的なあるいは無気味なものの姿や映像を映し出すとても重要な幻想の装置となっている。「風の又三郎」はほとんどこの窓ガラスが映し出す幻想の物語といってもいいほどだ。

こうして村の子どもたちが窓の外からその子をはやしたてているとき、突然「風がどうと吹いて来て」教室の窓ガラスをガタガタ揺らす。すると学校のうしろの萱《かや》や栗の木がみんな変に青白くなって揺れる。と同時にその瞬間、「教室のなかのこどもは何だかにやつとわらつてすこしうごいたやう」に見えた、という。

ここは「風の又三郎」のもっとも恐ろしい場面の一つだが、たとえていえばこれはわれわれの生きている現実が裂けてそのむこうに怪しい非現実の世界がチラッと垣間見えたというような瞬間だろうか。だがいったい何が見えたというのか。ここにも何かが見えて、そうでありながら、しかし（語り手が固く口を噤《つぐ》んでいる）いわば物語の隠されたいい語られざる部分があるのではなかろうか。そして、その直後なのだ。嘉助という男の子が、突然叫ぶ。「あゝわかつたあいつは風の又三郎だぞ」、と。

物語はここに至って初めて、この変な子、おかしな子、正体不明の子に嘉助という子の口を通して

「風の又三郎」という名前を与える。さらに語り手はそのあと、みんなもそうだ、と思った、と書いている。風と風に揺れる窓ガラスのじつに妖しい詐術というべきだろうか、あるいは一人のとても感じやすい子どもの口を通して発せられた、そのようにして作動する（折口信夫ならば感染行為《かまけわざ》とでもいうだろうか）「幻のもう一人」を発生させるじつに巧妙な魔術《トリック》がここにはあるというべきだろうか。そしてわたしたちはそのとき「あゝわかつた」と叫んだこの嘉助という男の子を、あの変な子を「風の又三郎」と名づけた物語の最初の命名者として深く記憶しておこう。実際嘉助という男の子はこの物語では、つねに物語の転換点にいる、主人公の高田三郎に勝るとも劣らない重要な人物なのである。

さてこうしてここまでのいきさつを考えてみると、そこに子どもたちとその子を隔てる窓ガラスがなければ、そしてそのときどうと風が吹いてこなければ、この物語は始まらなかった。風に揺れる窓ガラスは、その揺れ自体がそのむこうにいるものの像をすこし歪めて見せる。一つの像を、二重にも三重にも揺らす。揺れはそこにズレや裂け目を生じさせる。それもまたこの物語のたえず分身《ゴースト》を発生させる幻想の装置なのだ。

ところで、九月一日のドラマは、ここで終わらない。むしろここから語り手の仕掛けた次のドラマが始まる。場面は、こんな展開をみせる。

男の子にともかく名前が与えられたあと、窓ガラスの外でいっとき子どもたちのケンカが始まる。そして子どもたちがケンカをして騒いでいる間に、教室の中からその子の姿が突然見えなくなってしまうのだ。いままでそこにいたものが、急にいなくなってしまう。こうしてみんながあっけにとられている間に、しばらくしてこんどはいったん消えたはずのその子が、あるいはその子とすっかり同じ姿かたちをしたものが、なんと先生に連れられて再びみんなの前に登場する。そして先生は、その子を、北海道から転校してきた高田三郎さんです、と紹介するのである。

　一つのもの（像）に、ここで二つの名前が与えられた。高田三郎と風の又三郎。どちらがその子の本当の名前なのか。彼はいったい、なにものなのか。これが九月一日の、（作者が仕掛けた）この不思議な男の子の出現と消失をめぐる物語のおおよその顛末なのだ。

　この一連の出来事にはだが「何か不連続なものがある」と天沢退二郎はのべる（同前）。これはどこかでそのときの村の子どもたちの気持ちを代弁した思いでもあろうか。このとき子どもたちは、それをうまく言葉にはできないが、何かがおかしい、ここには何かが隠されている、と感じたはずである。

　おそらく「風の又三郎」は、この天沢退二郎のいう不連続な間《ま》、現実と非現実の裂け目のようなところから発生する。その間に息づく魔《ま》（物）＝ゴーストこそが「風の又三郎」という物語なのではなかろうか。

空白を生き延びる謎

　高田三郎の背後につねに揺曳する又三郎の影。それをこれまではたとえばゴーストと呼びならわしてきた。
別のいい方をすれば、ここには、それをそう見ている、そう感じている多くの村の子どもたちのどこか魔法にかかったかのような目、異界を見る感受性の質というものがあるはずだ。九月一日、二百十日の野分の日に出現した不思議な男の子。地方によっては風祭りの行われる日。そんな物語の背景にある民間伝承の道具立てが、潜在的に村の子どもたちの目にある魔法をかけていたのかもしれない。あの子は、人の子ではない、風の神の子なのだ、と。その風の神の子が二百十日の風に乗ってこの村に現れたのだ、と。

「風の又三郎」はどこかその魔法をかけられた子どもたちの、まなざしの物語でもある。子どもたちはこの不思議な男の子を好奇心と恐怖を混じえた目でいつも「キロキロ」見つめている。そしてその子どもたちのまなざしを、語り手は分校のただ一人の六年生一郎と、その子を最初に「風の又三郎」と名づけたあの五年生の嘉助のまなざしに代表させる。

こういういい方をしてもいい。「風の又三郎」には嘉助が前景化される章と一郎が前景化される章があるように思われる。ここでいう前景化とは、彼らが物語の前面に出てきて、彼らのまなざしや想いを通して物語が語られてゆくということである。そして物語は嘉助のまなざしにさらされたとき、にわかに幻想性をまし、非現実のかなたへ赴こうとする。嘉助というどこか〝神隠しに遭いやすい〟男の子のまなざしを通すと、物語はにわかに怪異譚の方へ傾くのだ。

一方、物語が一郎のまなざしにさらされるとき、物語は現実化し、その怪異性が希薄になり、逆にこれはただのちょっと風変わりな転校生の物語となる。物語のオーラが消えるのだ。

そのことを踏まえて、この二人の物語への最初の登場の場面を見てみよう。九月一日の朝、嘉助は「ちょうはあかぐり」と高く呪文のような言葉を叫び、土手のむこうから「まるで大きな烏《からす》のやうに」「わらつて運動場へかけて来」る。ヤンチャで明るく、その叫んでいる言葉もどこかわけがわからず、かついかにもけたたましい登場の仕方である。それに対して一郎は一番最後に「まるでおとなのやうにゆつくり大股」でやってくる。するとそれまで教室の中の不思議な男の子の登場にワイワイガヤガヤ混乱していた下級生の子どもたちは、すっかり安心する。あるいは一郎という男の子のいる場面では、この物語はつねにある秩序をえて安定するのである。

押野武志は、この大人のような一郎のまなざしは「風の又三郎の神性を奪ってしまう」、物語にとっては危険な視線だ、とのべている（『宮沢賢治の美学』翰林書房、二〇〇〇）。神性を奪うとは、むろん物語のオーラが消えるということである。これはじつに示唆に富む指摘である。

この指摘にかなう象徴的な場面をみてみよう。

たとえばこの物語のクライマックスの一つは「九月四日」に仕掛けられている。この日嘉助は三郎や一郎たちと遊びに行った上の野原で霧に巻かれて遭難し、危うく死にかける。そして霧の中で幾度か昏倒し、夢うつつの中でなんとガラスのマントをまとって空中へ飛び上がる風の又三郎の姿を見る。

物語に夢の中とはいえ、風の又三郎が出てくるのはじつはこの場面だけだ。わたしは想うのだが——このとき物語はもしかしたらこの嘉助にだけ、その隠された物語の本当の姿を見せたのかもしれない。物語の本当の姿とは何か。それは、あの不思議な男の子の正体にかかわることである。それが誰か。何者か。ここでそのものの正体を嘉助は、あるいは嘉助だけが上の野原の中に開いた異次元の穴、不思議な空間に誘い込まれるようにして、一瞬それを垣間見た。そのようにしてこの子はこの日上の野原に呼び出され、霧の中に投げ出されていたのではなかったか、と。ともかくその後かろうじて救助された嘉助は、帰り道、一郎にむかって次のように叫ぶのだ、「あいづやっぱり風の神だぞ。風の神の子っ子だぞ。あそごさ二人して巣食ってるんだぞ」。

「あいづ」とはむろん高田三郎のことである。「二人」とはその親子を指している。高田三郎は父と二人でこの村へやってきた。ところで「巣食う」とは、人間に対して使う言葉ではない。鳥やけもの、人ではないものたちに対して使う言葉である。このとき嘉助はおそらくあの二人は人間ではない、まちがいなく異界のものだ、と直感したのである。嘉助の恐怖体験から出たこの物凄いセリフに対して、一郎はだが、それを否定するかのように「そだなぃよ」と高く叫ぶ。そうでない、そんなことはない、と強くこれを否定するのである。

これはこの物語における二人の立場（あるいはその役割）を象徴するシーンである。

一郎に冠せられた〝大人〟なるものの指標は、たとえば理性、合理、常識などであろうか。物語がそのような大人のまなざしにさらされたとき、神の子又三郎の神性は剝奪される。このとき物語は、その子が人の子ではないかもしれない、異界の妖しい力を持った風の神の子であるかもしれないというワクワクするような謎と恐怖の怪異な空間を生きることができない。

さきの場面に限らず、又三郎を間に挟んで物語の中で嘉助と一郎はしばしば対立する。が、この対立はむしろ二人が協力して又三郎の正体をめぐる謎と幻想性を強化し、補完するように働いている。この二人の距離、そこに広がる現実と非現実の裂け目、そこがむしろ逆に物語の子どもたちの共同幻想が成立する場所なのだ。

こういういい方もできようか。

この物語の最大の謎は、主人公の高田三郎に内面がないことだ、と。つまりこの男の子が何を思い、何を考えているのかがさっぱりわからない。彼の心の中が語り手によって意識的に空白にされている。ここには物語のあらゆる場面でそれ（自分が誰であるか、なにものであるか）をいいえない物語の秘密の場所、あるいはそこでつねに口を噤んでいる幻の少年がいるのだ。

このとき、物語の謎はその空白をそれをいいえない幻の少年の秘密の声とともに生き延びてゆく――あるいはその〝幻の少年〟こそがこの物語の正体なのだ、といってもいいのではなかろうか。

「鬼っこ」遊びの怖さ

「風の又三郎」は、九月八日でカタストロフィを迎える。これは十二日間の物語だが、物語は実質的にはここで終わっているといっていいかもしれない。ともあれこの日を最後にわたしたちは、もう高田三郎の姿に出会うことはないのだ。なぜか。ここではそのことを考えてみたい。

九月八日の舞台は、さいかち淵と呼ばれる場所である。そこは危険な川の深み、そしてその川の淵に仕掛けられているのが「鬼っこ」という遊びなのである。わたしはこの章を読みながらいつもつくづく思う、この「鬼っこ」という遊びは、物語にとってけっしてしてはいけない、いわば禁じられた遊びではなかったか、と。

「風の又三郎」はどういう物語なのかと問われたとき、それはこの「鬼っこ」遊びに収斂してゆく禁じられた遊びだと答えてもいいような気がする。「鬼っこ」の鬼とは「隠《おぬ》」という古語が元になった言葉である。古語辞典には「オニは、本体は形を見せないもの」とある。鬼とは隠れたもの、ときには妖怪であり死霊であり、民俗儀礼ではいずれハレの日にケガレをまとわりつかせて、こちら側の世界から向こう側へ祓い捨てられるもの、追放されるものの名前である。それは異界のものの別名でもある。

さてこの日、前々日から夏の暑さのぶり返しのような日々が三日間も続き、子どもたちは学校が終わると一目散にさいかち淵へ水遊びに出掛ける。そこでやがて崖下の青いぬるぬるした所を根っこに決めて、ついに「鬼っこ」遊びが始まるのだ。そこにこんな描写がある。「それからみんなは、砂っぱの上や淵を、あっちへ行ったり、こっちへ来たり、押へたり押へられたり、何べんも鬼っこをしました」。

これは読みようによっては「風の又三郎」を要約する描写ではなかろうか。九月一日にあの不思議な少年が現れて以来、子どもたちは毎日その子を中心に、あっちへ行ったりこっちへ来たり、いってみれば崖の上で危うい「鬼っこ」遊びをしていたのかもしれない。鬼とは共同体の外部をさすらうもの、よそものの別名でもあるから、ここでの鬼とはむろん高田三郎のことを指す。物語へのこの鬼の登場は（子どもたちにとっては）、それまでの退屈な日常がその子のために謎と恐怖に満ちた非日常に変化する、毎日がワクワクした祝祭的なものに変貌してゆく日々ではなかったか。その祝祭の日々がクライマックスに達し、いまや終わろうとしているのである。

こうしてこの「鬼っこ」遊びは、仕組まれたように「ついに又三郎一人が鬼にな」る。ここで異界のもの、鬼になるべきものが鬼になるのだ。鬼になった又三郎はどうなるか。赤く濡れた髪と長く水に浸っていたために紫色になった唇は彼をいよいよ本物の鬼のように見せる。彼はそれにふさわしく本気になって次々と乱暴に子どもたちをつかまえてゆく。そして最後にとうとう嘉助をとらえ、腕をつかんで、四、五へん水の中を引っぱり回す。鬼と名ざされ、まさに鬼に変貌した又三郎のこの突然の理不尽な暴力に、嘉助はついに叫ぶのだ、「おいらもうやめた。こんな鬼っこもうしない」、と。

これはこの物語の事実上の終結宣言でもある。いつも又三郎のそばにおり、物語をたえず「風の又三郎ごっこ」ともいうべき危険な遊戯、もしくは怪異な方向へ引っ張ってゆく嘉助の存在がなければ、この物語は動き出さないのだ。この物語はそもそもこの男の子の名付けから始まった。その、物語の隠れた主人公の嘉助が、こんな鬼っこはもうやめた、という。

こうしてみんなが「鬼っこ」遊びに夢中になっているうち、いつのまにかあたりは「何とも云はれない、恐ろしい景色にかはつて」いる。いきなり上の野原の方で雷鳴が轟き、と思うまもなく「まるで山つなみのやうな音がして」一ぺんに物凄い夕立がさいかち淵の裸の子どもたちを襲う。天候のこの急変。それは物語の急変でもある。そしてそのとき不思議なことが起こる。誰ともしれぬものの怪しい声がこだまのようにさいかち淵を渡ってゆくのである。

「雨はざつこざつこ雨三郎
風はどつこどつこ又三郎」

するとなぜか子どもたちはいっせいにその怪しい声に唱和するのだ。

「風の又三郎」のもっとも有名な場面だが、ここでいったい何が起こったのか。さいかち淵を渡ってゆくこの怪しい声は誰の声か。これまでもいろいろに読まれ解釈されてきている場面だが、わたしはここをこう読んでみたい。ここでそれまで物語の深層に隠れていたものが、「鬼っこ」遊びと子どもたちの唱和する声に呼び出されるように、淵の力として、あるいは異界の方からいま物語の表面に激しく噴き上げているのだ、と。そしてそのいかいのものは又三郎の名を呼んだ。異界からやってきたものが、その異界の方から名を呼ばれるということ。それは「鶴女房」など多くの民話や伝承が語るように、いかいのもののこちら側の世界からの追放、もしくは退場のときでもある。これはある意味で風の又三郎は、誰か、何か、という、いかいのものの正体をめぐるこの物語の謎に一つの答えを提出することにもなる。

　こうして以後物語は、九日、十日、十一日と三日間の空白を挟んで、いきなり最終日、九月十二日の嵐の場面へと接続する。なぜこの三日間は書かれなかったか。ここでのわたしの考えはこうだ。この九月八日、さいかち淵の嵐の場面はそのままそのあとに続く三日間のありえたかもしれない物語（九月九日に関しては創作メモが残っていて、そこから多少は賢治が書こうとしていたストーリーの断片を想像することができる）を吹き飛ばし、九月十二日の嵐の場面につながっているのではないか。

　思えばこの物語は異空間から吹き出す風の音から始まった。

　そして最終章も同じ異空間から吹き出す風の音、嵐の場面から始まるのである。物語はまた、あの妖しいうたのうたわれる場所に帰ってきたといってもいい。

消えた主人公の正体

そこにいたのは、誰か。あの朝のしんとした窓ガラスのむこうに座っていたのは。あるいはその次の日、つむじ風の舞う朝の運動場をむこうからゆっくりと歩いてきたのは。さらには山で一緒に葡萄採りをしたり、風の効害をめぐって耕助とケンカをしたり、また上の野原で競馬遊びをしたりしたあの少年は、いったい何者だったのか。村の子どもたちも、そしてわたしたち読者も、いったいそこに誰の姿を見ていたのか。あるいはそこに何が見えていたのか。

そこにいるものと、そこにいないもの。見えるものと、見えないもの。

九月一日の不思議な風とともに現れたかに見えるあの風変わりな転校生は、本当に風の又三郎だったのか、そうでないのか。

けれどこの物語はそのことに最後まで答えを出さない。そのものの正体をあきらかにすることはない。

「風の又三郎」はどこかサスペンスドラマに似ている。サスペンスが文字通り出来事の核心に横たわる謎をたえず宙吊りにしてその先を生き延びてゆく物語であるとすれば、この物語の語り手もじつに巧妙に最後までその子の正体を隠し続けた。ここでは謎は最後まで謎のままに残り、けっして解かれることはない。ただ読み手の数だけの解釈の束がそこにはあるばかりだ。その子の正体を明かさない、誰がそこにいたのかわからない、その不在証明の手段として語り手は、前にものべたようにたとえば高田三郎の内面を空白にした。この子のこころの中を書かないことにした。そしてその内面の空白に嘉助や一郎、あるいは村の子どもたちの恐怖や畏れ、好奇心などのさまざまな想いを注ぎ込むという手法をとった。その子が何を考えているかわからないということが、その子に対する尽きせぬ謎を生む。オーラを生む。こういういい方をすれば、高田三郎の内面の空白のうえに十二日間に渡って日々紡ぎ上げられた子どもたちの共同幻想。それが「風の又三郎」という物語なのだといってもいい。

そして九月八日のあのさいかち淵の場面を最後に、主人公高田三郎の姿はもう物語には登場しない。主人公のいない（物語の表面からは見えなくなってしまった）物語。そこで何が起こったのか。

物語にとっては禁じられた「鬼っこ」遊び（ときさにのべた）。それはその子を鬼と名指しする、すなわちこれはその子を結果的には物語から追放する、祓い捨てる残酷な遊びではなかったか。そのときさいかち淵に上の野原の方からやってきた物凄い雷鳴と突然の豪雨。冒頭から物語の深層でたえず渦巻いていた荒ぶる自然、物語の背後に潜んでいた異界の力がここで「雨はざっこざっこ雨三郎／風はどっこどっこ又三郎」とその子の人の子ではない深く秘められ隠された名前を呼んだ。異界のものがその子の名前を呼び、その隠されたものの正体をあばき出した。

ここで起こったことは、そのような異人追放劇ではなかったか。

異界からやってきたものが、異界からその名を呼ばれたとき、そのものはもう人間世界に留まることはできない。異界に帰って行かなくてはならない。それは洋の東西を問わず、世界中のほとんどの民話・伝承の定型化された法則《パターン》である。

かくしてこの物語の語り手もまた、これ以降は主人公を物語の中に登場させない。以後姿の見えないものとして異界の風のむこうに還してやる。

物語の最終日をみてみよう。

この日の朝、又三郎の夢を見た一郎が目を覚ますと、外は風が「鳴つて吠えてうなつて」駈けてゆく物凄い嵐になっている。このときなぜかこの風に乗って又三郎は飛んで行ったかもしれないと予感した一郎は、急いで嘉助を誘い、いつもより早く学校へ行く。すると教員室から先生が出て来て、ふたりに、高田三郎親子は前日の日曜日にみなさんに挨拶するひまもなくもといた所へ帰っていった、と告げる。もといた所とは、どこか。先生はただその子がまたもとの学校へ転校して行ったと告げているのだろうか。

だが、先生のこの言葉に対して、またしても嘉助が突然高く叫ぶのだ。「さうだなぃな。やつぱりあいづは風の又三郎だつたな」と。それを聞いた先生はなぜかあわてて教員室の方へ飛ぶようにいなくなってしまう。ここも奇妙な場面である。こうしてともあれその場に取り残された嘉助と一郎はふたりっきり、風にガタガタ鳴る窓ガラスの傍らに「しばらくだまったまゝ相手がほんたうにどう思つてゐるか探るやうに顔を見合せ」立ち尽くすのである。相手が本当にどう想っているかとは、むろんあの不思議な男の子が何者だったのか、ということである。物語の謎がここで嘉助の側からと一郎の側からなお終わらない未解決なものとして照らし出される。

そしてこれが「風の又三郎」の忘れ難い最後の場面だ。

風の音とともに訪れたもの。そしてもうそこに二度と姿を現すことができないもの。

ここまで読んできて、わたしはこう思うのだ——おそらく「風の又三郎」とは隠れていることによってしか、不在においてしかその存在を主張できない、物をいえないものの悲しみの物語である、と。

Ⅳ

詩「無声慟哭」三部作

《喪》の儀式としての詩

心象スケッチ集『春と修羅』の中で、おそらくもっとも人口に膾炙しているのが集の後半にある「永訣の朝」を含む「無声慟哭」三部作であろう。

「無声慟哭」三部作はいずれも詩の末尾に「一九二二、一一、二七」という同じ日付を刻み込んでいる。この日、一九二二年、すなわち大正十一年十一月二十七日に、賢治の最愛の妹トシが亡くなった。多くの年譜には「みぞれ降る寒い日、午後八時三〇分トシ没す（二四歳）」等と書いてある。その悲しい、そして以後の賢治にとっては宿命的な日付を記すこの三部作の最初の作品「永訣の朝」は、

けふのうちに
とほくへいつてしまふわたくしのいもうとよ

と書き出される。永訣とは、永遠の訣別、ここでは妹との死別のことをいっている。それが「けふ」

であるというのだから、この詩はそのことがすでに確定した、妹の死後まもない頃に書かれたのではないかと推定されている。

それにしてもこの詩はその内容から、従来あまりにも賢治の伝記的事実にのみ還元されて読まれすぎてきているように思う。それで何かがわかったような気になってしまっている。だがおそらく事態はそれほど単純ではない。この三部作はじつに謎めいた箇所・詩句がいたるところにあって、必ずしもどの詩もけっしてわかりやすいものではない。そしておそらくそのわかりにくさ、これら一連の詩の謎めいた詩句の核心にあるのが、全体の章題にもなっている「無声」という言葉なのではないか。それは具体的には、三部作の最後の作品の次の詩句、

　　ただわたくしはそれをいま言へないのだ
　　　（わたくしは修羅をあるいてゐるのだから）

この二行に焦点を結ぶように思われる。わたしにはこの三部作全体の見えない光源はここにあるように思われるのである。ここではそれをいえない、とあるが、このいえないそれとは何か。前後の文脈からすればこのそれは「（おら　おかないふうしてらべ）」や「（それでもからだくさえがべ？）」等、病床の妹と枕許で看病する母とのやりとりの中の言葉に対する兄の側の祈りにも似た応答、「どうかきれいな頬をして／あたらしく天にうまれてくれ」や「ほんたうにそんなことはない／かへってここ

はなつののはらの／ちひさな白い花の匂でいつぱいだから」などを指している。それを兄の賢治は、声に出して、口ではいえない、とここではいっているのだ。どういうことか。その理由を詩の中の「わたくし」はいま「わたくしは修羅をあるいてゐるのだから」とのべている。

修羅とは、何か。これが仏教語であることはいうまでもない。が、賢治が修羅に与えたイメージ、それはいわば人間世界からは頽落したもの、妖怪化したもの、こちら（人間）の側からはその声が聴こえない、その姿の見えないものである。

賢治の〝修羅〟のイメージは、するとそこにいながらそこにいないもの、半ば不在、半ばゴーストのような存在である。賢治の他の詩句を借りてそれをここでは在と不在の間でたえず明滅する幽霊的存在（「あらゆる透明な幽霊の複合体」）といってもいいだろうか。

けれど一方で「無声慟哭」三部作とは、「無声」、それをいえないといいながら、そのいえないこと、すなわち自らが修羅であることをアリバイにして、そこではほとんどあられもなく、あからさまに、それ（兄としてのおのれの想い・悲しみ）をのべている詩篇でもあるのではなかろうか。あるいはこれは妹へのどこか愛情告白にも似た、それゆえにその底に一点深く秘められた禁忌の想いの感じられる追悼詩でもあるといった方がいいだろうか。

わたしは、こういいたいのだ。愛するものに永遠の別れを告げるために、妹の死後、詩（詩人）が心をこめてかつ秘やかに執り行っている《喪》の儀式、それがこの三部作の詩の姿なのだ、と。

たとえば死の床にあえぎながら、妹は兄に「(あめゆじゆとてちてけんじや)」と頼む。すると兄は曲がった鉄砲玉のようにみぞれのびちょびちょ降る暗い表へ飛び出し、庭の松の枝から「やさしいいもうとの／さいごのたべものをもら」ってくる。なぜここでその木は「松」なのか。松が古来、再生や豊饒を祝う聖なる樹木だからである。ここでの「松」はけっして偶然の措辞ではないのだ。

同じように「あめゆじゆ」＝みぞれは「銀河や太陽　気圏などとよばれたせかい」の宇宙空間から落ちてきたものである。それを天からの贈り物としていま死にゆく妹のために「もらつてゆく」と兄はいう。これはだから彼が〝風からお話をもらってくる〟ことと全く同じレベルで考えられることでもある。

こうして詩篇「永訣の朝」において、兄はいまそのような天からの贈り物を聖なる「さいごのたべもの」として、熱にあえぐ死にゆく妹の口に含ませてやろうとしているのである。

聖なる「十三の文字」

「永訣の朝」には、

(あめゆじゆとてちてけんじや)

という詩句が四度くり返される。だが妹トシがこの言葉を口にしたのは一度きりであろう。それが詩行の中で四度に渡って反復《リフレイン》されるのは、この忘れられない呪文のような詩句が、死にゆく妹の言葉として、声として、そのときの（そして死後も）兄の脳裏にたえず終わりなく鳴り響いているからである。

さきにこの「あめゆじゆ」＝みぞれ（雪）は銀河（宇宙空間）、あるいは天からの贈り物だ、とのべた。このとき死にゆく妹の最期の願いを兄は「わたくしをいつしやうあかるくするために／（中略）／おまへはわたくしにたのんだのだ」と感じている。あるいはそう受け取ろうとしている。するとこの銀河の贈り物、天の贈与は、兄から妹への一方的なものではなく、むしろ妹から兄への贈り物だとも考えるべきだろう。少なくともここには、死にゆくものの最期の言葉に、同じ信仰の道を歩む宗教者としてこのようなかたちで生き残ったものがきわどく救われている姿がある。

この兄がいま人間世界から頽落した青暗い修羅をさまよっていれば、なおさらのことである。だからこそ、

ありがたうわたくしのけなげないもうとよ
わたくしもまつすぐにすすんでいくから

とは、兄の、妹の願いに対する、生き残されたものの精いっぱいの率直な応答でもあろう。

それにしても、「（あめゆじゆとてちてけんじや）」という一行にこだわれば、ここで妹の口を通し

て兄の名が呼ばれる――というふうにして詩篇のうえに（まさにその兄の手によって）刻み込まれた文字――これは兄と妹の秘められた交感を語る一行の墓碑銘のようなものではなかろうか。〝けんじゃ〟には〝賢治〟の名が分子化された遠いエコーのように響いている。あるいはここには〝賢治〟の名があたかも聖なるエクリプスのように半ば隠れながら顕れている。そういう思いをわたしは抑えきれない。誤解のないようにいっておけば、だからといってここに賢治の妹への何か恋愛めいた執着があるというのではない。ただここには妹の声――その音と響きを天上へ散骨するような兄の側のせつない祈りの声があるだけだ。詩は後半で、この「あめゆじゆ」が「天上のアイスクリーム」といい換えられて、「おまへとみんなとに聖い資糧をもたらすやうに」と結ばれている。資糧とはお金と食べ物のこと。これは一見きわめて現世的リアルな願いである。そこに賢治は「聖い」という形容句を付した。「聖い資糧」には賢治の思想的な全重量がかかっているといってもいい。またこの詩の「けつしてひとりをいのつてはいけない」という末尾の一行は、いつでも賢治詩の変わらぬ思想的な核心でもある。

にもかかわらず、いやだからこそ、ここで、「無声慟哭」三部作の詩篇のうえで執り行われている秘儀的な特異な《喪》の儀式にわたしは注目したいのである。

妹の口に含まれる「あめゆじゆ」。そしてその妹の口を通して呼ばれる兄賢治の名を分子化されたエコーのようにその詩句に響かせる「けんじや」。わたしにはこの「けんじや」の文字をおののきつつ書き記す兄の手のふるえが見えるようだ。賢治がそのことに無自覚であったとはとても考え難い。こうしてさらにこの「あめゆじゆとてちてけんじや」の十三文字の秘儀を解けば、それは賢治の童話が風や虹や月あかりからもらってきた天からの贈り物であるように、このひらがなの十三文字もまた、彼が妹の声として「銀河や太陽　気圏などとよばれたせかい」からもらってきた聖なる「すきとほつたたべもの」であると考えることもできるだろう。天の川、ミルキィ・ウェイから降る「ケンタウルスの露」(「銀河鉄道の夜」)がここでもこの文字のうえに滴っているのである。ともあれ、聖なる「たべもの」としての言葉。それがいまその名を呟いた妹の口に兄の手を媒介にして含まれる。さらに連作二つめの詩「松の針」では、その松の香油を含んだ「あめゆじゆ」、聖なる樹木のしずく(ターペンティン)が死にゆく妹の病んだ胸を洗い浄めるようにふりそそがれる。

兄の手によって為された秘められた哀悼の儀式。くり返しになるが、この三部作をわたしはそのように読んでみたいのだ。

このとき括弧にくくられた言葉「(あめゆじゆとてちてけんじや)」は、そこに妹の声を、そのあえぐ息づかいを、この謎めいたひらがなの十三の文字を通していつでも(いつまでも)なまなましく響かせることのできる、これもまた兄にとってはやはり特別な位相にある謎のような言葉ではなかろうか。文字を書く、言葉をそこに刻み込むことの根源的な営為がここにはある。

と同時に、これら詩篇のいささか混乱し取り乱した兄の姿をみていると、わたしはいつも象の頭のかたちをした山の麓で雪に埋もれ遭難する赤毛布《けっと》の少年を救おうと、必死で吹雪の雪原を駈け回る童話「水仙月の四日」の雪童子のこれもまた究極の無声のドラマを思い出すのである。天上の雪の精霊のように描かれているこの雪童子の声は、吹雪に巻かれて死にかけている地上の少年の耳には聴こえない。この物語では天上と地上の届かない二つの声がゆき交って猛烈な吹雪の山の麓で生死を賭けた凄まじいドラマが展開される。そして地上の少年は死の淵から連れ戻されたかのように見えて、だが物語はそのことを不明にしたまま終わっている。「それからさきどこへ行ったかわからない」とは「無声慟哭」三部作を受けた妹の死後のゆくえを語る詩「青森挽歌」の中の賢治の言葉だが、この物語でもそれから先はもう語ることができない。それはどこか人知を超えた秘密の領域でもあるかのように物語は「その先」についてはふいに口を噤むのである。

思えばわたしたちはいつもそのようにしかありえない、生と死の極限で記された、もうその先を語ることのできない賢治作品の「かなた」を読まされているのではなかろうか。

詩「青森挽歌」

天上へと走る夜汽車

『春と修羅』後半の五つの挽歌詩篇のうち最初に置かれた「青森挽歌」は、次のように書き出される。

　こんなやみよののはらのなかをゆくときは
　客車のまどはみんな水族館の窓になる

これはここまで進行してきた『春と修羅』のドキュメントの、質的転換を告げる一行ではなかろうか。

どういうことか。

あの巻頭作品「屈折率」で、陰気な雪雲の垂れ込める山の向こうへ、すなわち小岩井農場の方へ、幻のアラジンの魔法のランプを掲げいかにも覚束なげな足取りででこぼこの雪道を歩き始めた詩人は、この詩集の末尾では何と樺太（現ロシア領サハリン）へ、そしておそらくはさらにそのはるか上方にひろがるどことも知れぬ未知の北方の空をめざして、夜汽車の車中の人となっている。あるいはもうここではあの天上の星空を走る「銀河鉄道」が動き出しているのかもしれない。

それにしても、当の賢治も含めて、誰がいったいこの詩集のこんなドラマの展開を予想しただろうか。

妹トシの死、その悲しみの顚末を記した「無声慟哭」三部作から数えても、すでに九ヵ月。その間賢治は約半年間にわたって一篇の詩も書かなかった。そしてこの「青森挽歌」が描く樺太行は、農学校の夏休みを利用しての、表面上は教え子の就職斡旋という体裁を取りながらも、実際は死んだ妹トシとの交信（霊界通信）を求めての異界への旅だった。詩の中に「なぜ通信が許されないのか」という一行がある。あるいはまた「とし子はみんなが死ぬと名づける／そのやり方を通つて行き／それからさきどこへ行つたかわからない」という、ここに至ってもなお依然として妹の死の衝撃と混乱のさなかにいる兄の鎮まらない消息を伝える、なまなましい詩句もある。

トシとともに同じ法華経信者でありながら妹の死後のゆくえに自信がもてない賢治の姿がここにはある。果たして妹は無事浄土へ赴いたのか。それともまだこの世への未練を捨てきれず中有《ちゆうう》をさまよっているのか。そもそも死後の世界など、ありうるのか。ありうるとしてそれはどんなものなのか。

「青森挽歌」は妹の死をいまだ乗り越えられない兄賢治の苦悩・憂悶、あるいは宗教者の面と科学者の面がときに激しく対立し、それが夜汽車の窓を通してさまざまに入ってくる（そこにそのヴィジョンが映像のように映し出される）なまなましい幻聴・幻覚のドキュメントである。この夜汽車はいわば他界を映し出す映像列車なのだ。

　ところでこの「青森挽歌」や、次の「オホーツク挽歌」等の詩篇にふれて、近年の研究があきらかにしている不思議な事実がある。賢治のこの樺太行には、当時（大正年間）の列車の時刻表＝地上のダイアグラムと、星空の運行＝天上のダイアグラムとの間に、ある照応関係があるというのである。これは賢治の旅程をたどって、実際数度にわたる樺太調査を試みた賢治研究者の荻原昌好によって主張されているものである。荻原氏によれば、賢治のこのときの樺太行の最終目的地は、当時の樺太鉄道（南樺太）の中心地豊原のさらに北、栄浜という海岸とその近くにある白鳥湖であったという。すなわち、その白鳥湖の真上、天頂に白鳥座のかかる時刻（午後の十一時頃）、賢治はそこにいて、夜半から夜明けまで法華経のお題目を唱えながら海岸伝いに歩いたのではないか、というのが氏の推測である（『宮沢賢治「銀河鉄道」への旅』河出書房新社、二〇〇〇）。

たしかに「オホーツク挽歌」には、荻原氏の主張を裏付けるかのような謎めいた詩句がいたるところにある。たとえば、

　　波できれいにみがかれた

ひときれの貝殻を口に含み
わたくしはしばらくねむらうとおもふ

これ以下の詩行をたどると、ここには貝殻を口に含む行為等も含めて、異界との交信のために試みられたある種の入眠幻覚とでもいいたくなるような呪術的所作が随所に感じられる。このとき賢治は、白鳥座と白鳥湖が天上と地上の垂直的な接点となる北の浜辺で、星空を仰ぎ、夜のオホーツクの波の音を聴きながら、どんな夢を見たのか。天の川に浮かぶ白鳥の姿に、彼が転生した妹の姿を見ようとしていたことはたしかだと思われる。そして周知のように「銀河鉄道の夜」にも午後十一時かっきりに到着する「白鳥の停車場」が出てくる。天の川を飛翔するこのときの白鳥は、物語の中の水死したカムパネルラの天上にあげられ化身した姿でもあろうか。

ともあれ、心象スケッチ集『春と修羅』の前半は歩行詩である。賢治は森や野原や林の中を彷徨しながらノートに記録するように詩を書いた。それが「無声慟哭」三部作以後「青森挽歌」に至って初めて夜汽車が走り出す。北方（天上）へ向かう夜汽車の窓が詩人の脳裏に次つぎとやってくる幻想や幻覚を写（映）し出す妖しいスクリーンと化すのである。

当時の日本の最北端・樺太の栄浜はいわば地上の終着点、そこから先はもう星空へのぼってゆくしかない。ここはそういう場所だ。栄浜はこの意味ではもうひとつの「天気輪の丘」、「銀河鉄道」の天上への入口、始発点かもしれない。

『春と修羅』は末尾に「冬と銀河ステーション」という象徴的なタイトルの詩を置いている。すると「青森挽歌」の夜行列車はいまや時空を超えて走り続けて、ここから先一気に星空へ、天上の銀河ステーションまで駆け上がってゆくのである。あるいは詩「屈折率」から「冬と銀河ステーション」の旅程の中にすでに「銀河鉄道の夜」の旅のドラマは含まれているのではなかろうか。

銀河鉄道の夜

迷子、行方不明、不在

これからしばらく賢治晩年の未完の作品「銀河鉄道の夜」について書いてゆく。

その導入部として、まず最初に（すこし迂回するが）、わたしの大好きなアメリカの絵本作家マリー・ホール・エッツの『もりのなか』にふれてみたい。なぜ『もりのなか』なのか。その理由は追々わかってくるだろう。

知っている方も多いと思うが、この有名な絵本は冒頭、森の入口で紙の帽子をかぶり、ラッパを持った男の子の姿を描いている。紙の帽子もラッパも、これから森という薄暗い空間（異界といってもいい）、そのような危険な場所へ入ってゆくための、そしてこの子の一人遊びのためのささやかな変身の小道具なのでもあろう。

次のページでは男の子が森へ入ってゆくと、そこにはなんとライオンが昼寝をしている。なんだ、この森にはライオンがいるのかとびっくりさせられるのだが（ここではだからこの子が森へ入った瞬間からもう魔法のかかった時間が動き始めているのだろう)、さらに歩いてゆくと、こんどは二匹の象の子どもが水浴びをして遊んでいる。さらに奥へ進むと、熊が二頭ジャムをなめ戯れている。そしてこれら森の中の動物たちは男の子がラッパを吹くと、不思議なことにみんなそのうしろに行列をなしてついてくる。こうしてこの子は森の中でカンガルーと出会い、コウノトリと出会い、サルと出会い、最後は一言もものをいわないウサギと出会い、みんなは得意満面な男の子を先頭に森の中で愉快な大行進を始めるのである。

このあと男の子と森の動物たちは「はんかちおとし」や「ろんどんばしおちた」をしたりして遊び、最後はみんなで「かくれんぼ」をする。わたしはこの絵本を読み、いつもここに「かくれんぼ」というそれ以外には考えられない絶妙な子どもの遊戯の仕掛けられていることに、ある感慨を覚えずにはいられない。

当然のように(作者によって仕組まれたように、か)この男の子が鬼になり、動物たちはみんな森の薄暗い闇の中に隠れる。それはもう夕暮れが迫っているということでもあるのだろう。こうして男の子が数をかぞえ「もういいかい」といってうしろをふり向くと、森の中には、「どうぶつは、一ぴきも、いなくなっていて、そのかわりに、ぼくのおとうさんが、いました。おとうさんは、ぼくをさがしていたのです」と書かれている。ふり向くことの恐怖、これはいわばオルフェウス的恐怖だろうか。〝ふり向くこと〟、この身振りはたとえば「銀河鉄道の夜」のとても大切な主題《テーマ》でもある。ともあれこの絵本では男の子がふり向いたとき、森の奥の樹木の陰にチラリとお父さんの姿が描かれている。夕方になって、父は心配で、子どもを捜しに、あるいは迎えに来たのであろう。

先日、この絵本を久しぶりに読んで、わたしはなぜか寺山修司の、

かくれんぼ鬼とかれざるまま老いて誰をさがしにくる村祭

という歌を思い出していた。これは寺山氏の代表的な歌集『田園に死す』に収められているものである。寺山氏のこの歌では父はいつまで経っても子どもを迎えに来ない。だから鬼がその禁忌を解かれることはついにない。（書かれていないが、歌の背後で）ここではむしろ「銀河鉄道の夜」と同じように子どもの方が父の行方を捜している。そうわたしはこの歌を読んでみたい。この歌について、寺山氏はこんなことをのべている。「誰もいない故郷の道を、草の穂をかみながら逃げかくれた子どもをさがしてゆくと、家家の窓に灯がともる。／その一つを覗いた私は思わず、はっとして立ちすくむ。／灯の下に、煮える鍋をかこんでいる一家の主人は、かくれんぼして私から「かくれていった」老いたる子どもなのである。かくれている子どもの方だけ、時代はとっぷり暮れて、鬼の私だけ取り残されている幻想は、何と空しいことだろう」（『誰か故郷を想はざる』志賀書店、一九七一）。

祭と鬼。鬼とはつねに祭りの場《にわ》から追放される運命にある。「銀河鉄道の夜」のケンタウル祭もそこから独り淋しくはじき出されているジョバンニの姿を描き出す。ともあれ右の寺山氏の文章はさま

ざまな想いをかきたてる。元特高の刑事だった寺山氏の実の父は、昭和二十年にフィリピンのセレベス島で戦病死している。つまりこの歌のいつまで待っても誰もやってこないかくれんぼのかなたには、一人っ子として取り残された寺山氏の境遇とそんな永遠に不在の寺山氏の父の影が揺らめいているのではなかろうか。そんな想いをわたしは禁じえない。

「銀河鉄道の夜」には、主要人物として三人の少年が登場する。たとえばそのうちの一人、いじめっ子のザネリについては、銀河鉄道にジョバンニが乗り込んできたときにカムパネルラがこんなことをいう。

「ザネリはもう帰ったよ。お父さんが迎ひにきたんだ。」

「銀河鉄道の夜」は、いつまで経ってもお父さんが迎えに来ない少年（ジョバンニ）と、お父さんが川岸まで迎えに来ているにもかかわらずその川で行方不明になっている少年（カムパネルラ）と、右のザネリのようにお父さんが迎えに来て一緒に家に帰ることのできた少年の、いわば三者三様の父と子の物語でもあるといってもいいだろう。

迷子、行方不明、不在、というテーマが「銀河鉄道の夜」の全体をおおっている。物語の彼方から手紙が来たり、うわさ話のような不確かな消息がきれぎれにもたらされるだけで、物語の中に最後まで姿を現さないジョバンニの父。その父の不在のエコーの中をさまよう少年。そこにこの物語の底無しのブラックホールとも名づけたいような大きな穴があいている。

ジョバンニの目覚め

よく知られた冒頭部だが、「銀河鉄道の夜」は、次のように始まる。

「ではみなさんは、さういふふうに川だと云はれたり、乳の流れたあとだと云はれたりしてゐたこのぼんやりと白いものがほんたうは何かご承知ですか。」

賢治の生原稿（手入れ稿）のコピーをみると、この書き出しには相当な工夫が凝らされている。なかでも最初の原稿にはなかった冒頭の「では」という一語の追加は、物語にとっては決定的な改変ではなかろうか。この「では」の一語の追加によって物語にいわば持続的なある時間が流れ出した。この一語によって物語は「では」以前の時間の流れを想定することが可能になった。どういうことか。たぶん物語冒頭のこの場面は五年生の理科の授業だろう。それがいま終盤にさしかかり、先生はそろそろ今日の授業のまとめに入ろうとしている。追加された「では」の一語は、そういう物語の書かれていない場面も含めた持続的な時間の流れをわたしたちに想像させるのだ。

すると、「では」以前、物語が書き出される以前の空白において、ジョバンニは何をしていたか。授業をする先生の声が聞こえていなかったのだから、彼は不覚にもこのとき、疲れて教室で「居眠り」をしていたのである。わたしたちはこの物語を主人公のジョバンニの意識を通して読まされる。彼の意識に届かなかった言葉は文字としては記述されない。するとこの「では」を含む新たな書き出しは、授業中居眠りをしていたジョバンニの耳に遠くからぼんやりと先生の声が聞こえてきた、すなわちそれ以前の文字に書かれていないところからすでにこの物語は動き始めていた、つまり「銀河鉄道の夜」はジョバンニの居眠りから始まっていた——そういうことをわたしたちに教えてくれるのである。

さらにここからは、次のようなこともいえようか。冒頭一文中にある「このぼんやりと白いもの」、これがこの物語のキーイメージだとわたしは思っているが、この言葉はやがて先生が説明するようにたんにミルキー・ウェイと呼ばれる天の川、「乳の流れたあと」としての銀河のことを語っているだけではない。ここではぼんやりとしていて「なんだかどんなこともよくわからない」という、いま居眠りから覚めたばかりのこのときのジョバンニの白く濁った頭の中、そのもうろうとした意識状態をも語っている。

そうした状態を含めて、先生の問いは〝それが何か?〟と問うているように思われるのだ。

すなわち冒頭の問いは、それが天の川だとか、たくさんの星の集まりだとかと答えただけでは、必ずしも答えにならない、ほとんどこの地上に偶然のように出現したあらゆる生きもの、あるいはそこで生起しているさまざまな現象、たとえばわれわれのいのちとはなにか、さらにはジョバンニ、お前は誰なのだ、意識（言葉）を持った存在としてのニンゲンというこの奇怪なかたちをした生きものとはいったい何なのだ等々、そんな誰も容易に答えることのできない途方もない幾多の問いを、冒頭の先生の問いは（むろんそんなことはほとんど意識せずに）ここで孕むことになってしまったのではなかろうか。

けれどむろん、誰が、そんな問いに答えられようか。

このときのジョバンニが〝わかっていながら〟答えられず、カムパネルラも「もぢもぢ立ち上がつたまゝ」結局沈黙してしまうのは、それがわれわれニンゲン、あるいはこの地上のあらゆるいのちあるものにとってはおそらくあまりにも根源的な問い、むしろ解けない謎だからでもある。むろんストーリーのうえで、二人が答えられないのは、ジョバンニは居眠りから覚めたばかりで頭がはっきりしないのと、カムパネルラはそんな居眠りをするほど疲れているジョバンニの境遇の変化に深く同情したためかもしれない。物語もそんなふうなことを書いている。けれどこの物語が潜在させている問い——作者のモチーフの根源にある問いは、この世に顕れ出ているあらゆるいのちの不思議さ、息づきの謎、いのちのやってきた場所のはるかさ等々、そんな容易に言語化できないもののまわりを巡っている。

それにしても主人公のジョバンニはなぜ授業中に居眠りするほど、かくも疲れているのか。物語はそれを、北の海に漁に出掛けた父がそこで何か悪いことをしていま異国の監獄に囚われている、その心労のためもあろうか、母は病気で臥《ふせ》っている、だからジョバンニは朝は新聞配達、夕方には学校の近くの活版所で活字拾いのアルバイトをして姉とともに一家の生計を支えなければならない、と説明している。

街に流れるうわさ話の中でだが、犯罪人としての父、長期に渡るその父の家庭における不在、それがジョバンニの生きる環境をあるときからガラリと変えてしまった。一章「午後の授業」、二章「活版所」、三章「家」が描き出すのは、一言でいえば、そのようなジョバンニの境遇の急激な変化と、そのため学校でも、街へ出ても、また家へ帰ってきても、どこか落ち着かない、しだいに追い詰められてゆくこの少年の地上における居場所のなさである。

いずれにしてもジョバンニの目覚めから始まったこの物語は、こんどはジョバンニを再度眠りに導かなければならない。物語はそういう道筋をたどる。なぜか。そうしないと死者との交信可能なジョバンニの〝夢の銀河鉄道〟はいつまでも走り出さないからだ。

無音の闇が支配する

「銀河鉄道の夜」の二章「活版所」はとても謎めいている。それを一章との関係でみると、少しはっきりすることがあるかもしれない。

この章は、学校の授業を終えたジョバンニが活字拾いのアルバイトにやってきた場面を描いている。

きょうは「これだけ拾つて行けるかね」と、ジョバンニは係の人から一枚の紙切れを渡される。彼は小さな平たい函を取り出して壁の隅の所にしゃがみ込み、小さなピンセットで「粟粒ぐらゐの活字」を次から次へと拾い始める。そのとき青い胸あてをした人がうしろを通りかかり、「よう、虫めがね君、お早う」と声をかける。すると、近くの四、五人の大人たちが「声もたてずこつちも向かずに冷めたくわら」った、というのである。

この冷たい笑いは、何なのだろうか。ここにはジョバンニの父が何か悪いことをしていま北方の監獄に入っているといううわさが流れているこの街の、ジョバンニや彼の家族が置かれている境遇、そしてそれを見る〝街の人々のまなざし〟といったものが感じられないだろうか。

じつはジョバンニは学校でザネリたちクラスメートのいじめに遭っている。そのいじめの言葉は、「ジョバンニ、お父さんから、らっこの上着が来るよ」というものである。なぜこれがいじめの言葉になるのか。このいじめの言葉もどこか街のうわさにある父の犯罪に関係しているのだろう。そのことについてはいずれまたあとで考えてみたい。ともあれこの活版所も学校同様、ジョバンニにとってはあまり居心地のいい場所ではなさそうである。

二章で印象的なのはそれよりもこの活版所の薄暗さと奇妙な静けさである。いや、静けさといっても、中では輪転器がばたりばたりとまわり、頭にランプシェードをかけたりした人たちが、「何か歌ふやうに読んだり数えたりしながらたくさん働いて」いるわけだから、中は静かなどころではない、じつは相当にうるさい音を立てているはずである。けれどこの活版所からは、なぜか音が聞こえない。音を抜き取られた世界の中で人々は無音の唇を動かしながら、影絵芝居か自動人形の役者のように忙しく立ち働いているように感じられる。

この静けさの奇妙な印象はどこから来るのだろうか。

あるいはそもそもここではいったい何を印刷しているのだろうか。さきの文章の中の「歌う」「読む」「数える」という一連の動詞は、日本語では（古語的には）、いずれもじつは対象に対して魔術的・呪術的所作、働きかけを伴う言葉である。作者は知ってか知らずか、そんな呪術的な言葉をここで三つたたみかけるように並べた。印象としては、この活版所にはその薄暗さもあってどこか無音の闇が支配する催眠的雰囲気が色濃くたちこめている秘密工房めいたにおいがある。溶暗（「昼なのに電燈がついて」いる）、ランプシェード、歌うような人々の声、ばたりばたりとリズミカルに回転する輪転器の音（これはあきらかにこのあとの天上世界を走る「銀河鉄道」の車輪の音に重なっている）——ここ、活版所の眠気を催すような薄暗さは一章の午後の授業とは違った意味で、心身ともに疲れきっているジョバンニを再び眠りに導くような、やがては彼が天気輪の丘で眠り込むための、いわば物語の中に用意された巧妙な催眠空間ではなかろうか。

一章と二章には、銀河の模型や望遠鏡、輪転器や虫めがねなど、世界のスケールや視覚を切り換える種々の小道具、回転・円環のイメージが頻出し、それが天上の銀河の巨大な光の渦巻きに照応するようなかたちで描かれていることがすでに何人かの研究者から指摘されている。眠り－目覚め－眠り（の反復——それがこの物語の構造なのだが）、あるいはこの二つの章は、冒頭のキーイメージ「このぼんやりと白いもの」、それがジョバンニの心身の疲労と白濁した意識に支配されて、この活版所の薄暗い空気をも浸しているといえようか。

学校でいじめに遭っているジョバンニ、外へ出ても街の人たちから白い目で見られているジョバンニ、家へ帰るとそこでは病気の母が白い布を被って寝《やす》んでいる。学校、街、家、この地上のどこにもジョバンニには、心が解放され安らぐ場所がないのだ。

やがて届いていない牛乳をもらうため牛乳屋に立ち寄ったあと（ここでは牛乳を手に入れることはできないのだが）、ジョバンニは街の十字路で再びクラスメートのいじめに遭う。そのあと彼が泣きながら駈けてゆく街の北の外れの「天気輪の丘」は、するとジョバンニのこの街での唯一の避難所、賢治が詩篇「小岩井農場」で「der heilige punkt」（デア　ハイリゲ　プンクト）＝聖なる地点と呼んだ、この物語の見えない、あるいは何ものかによって秘かに用意され隠されてあるアジールなのかもしれない。同時にそこはやがて彼が「銀河鉄道」に乗り込む異次元への入口にもなってゆく。

「らっこの上着」の謎

「ジョバンニ、お父さんから、らっこの上着が来るよ」——これがなぜジョバンニに対するいじめの言葉になるのだろうか。

むろんそれは街に流れているうわさ、ジョバンニの父が漁に出て何か悪いことをして、いまは北方の監獄に入っている、父が犯罪人であるということと密接に関係しているだろう。犯罪人の息子、ジョバンニというわけだ。それが、ジョバンニが街の人たちからどこか白い目で見られたり、ザネリにいじめられたりする背景にあるのだろうということは容易に想像することができる。だが、ここにあるのは、たんにそれだけのことだろうか。

そもそもジョバンニの父の職業は何なのか。三章のジョバンニと母の対話の中に「北の方の漁」という言葉が出てくるから、ジョバンニの父はたしかに遠洋漁業に出ており、北の方の海で魚を獲る漁師なのであろう。またジョバンニが、父が学校へ寄贈した巨《おお》きな蟹の甲らだのとなかいの角などが学校の理科の教材に使われていることを、母に誇らし気に語る場面がある。いじめの種になっているらっこの上着も、父がジョバンニに、今度帰ったときお土産にもってきてやる、とでもいったものであろう。それをジョバンニはクラスメートにやはり誇らし気に語ったことがあったにちがいない。街に、父親の悪いうわさが流れたのは、おそらくその直後なのではなかろうか。

明確に語られないストーリーの断片をつなぎ合わせてみると、ここからはそんな物語の背景が想像される。

それにしても（とわたしは想う）、らっこの上着とは、いくらなんでも子どもにとっては不自然なほどに法外、高価な土産ではなかろうか、と。たとえばらっこの毛皮は、当時その銀毛が最上等のものとして珍重され、ためにらっこは二十世紀初頭に乱獲、絶滅の危機に瀕したことから、明治四十四（一九一一）年にワシントン条約でその捕獲が禁止されている。賢治がそのことを知っていたかどうかはわからない。たぶん知っていただろう。ともあれらっこの上着の背景には、そんならっこの密猟というもう一つの語られざる禁制が横たわっているように思われる。街のうわさにあるように何か悪いことをして監獄に入っているという他に、ここにはらっこの密猟という、（物語ではあからさまに語られない）見えにくい二重の罪が、ジョバンニの父にはつきまとっている。

このことに関連して、さらに次のようなことを考えてみよう。

ジョバンニは街でザネリのいじめに遭ったとき、ぼくは何にも悪いことをしないのにザネリがぼくをいじめるのは、ザネリが馬鹿だからだと呟く。子どもらしいといえば子どもらしい反応なのだが、ここには意外に大きな問題が横たわっているのではないか。物語の中で、ジョバンニは自分の無垢・無実（ぼくは何にも悪いことをしたことはないということ）をどこかで深く信じているようにみえる。それがわたしには気になるのだ。象徴的にいえば、この物語はジョバンニが自分にはどうにも理解不能ないじめっ子のザネリを共に在る一人の他者として発見してゆくことができるかどうか――そこに物語の試練の一つがあるのではないか。「みんなの幸せ」を求めるジョバンニの試練は、この困難なザネリという隘路を通らなければならないのではないか。

ジョバンニは本当に無垢・無実な存在なのだろうか。そういう見え難くかつきわどい問いが「銀河鉄道の夜」には潜在している。

この問いに鋭くふれたものとしていまわたしが思い出すのは、伊藤真一郎の「『銀河鉄道の夜』における子ども――〈ばけもの〉のような影をめぐって」（『國文学』一九九四年四月号）という論文である。この論文で伊藤氏は、四章の冒頭、病気の母に飲ませるための牛乳を取りに家を出たジョバンニが坂道の下にある街灯に向かって降りてゆくと、彼の後ろに長く引いた影法師が〈ばけもの〉化することにこだわっている。ここでなぜジョバンニの影法師は〈ばけもの〉化するのか、と。

伊藤氏の見解は、こうである。

ここにはジョバンニの潜在意識中の父の影が落ちているのではないか。つまり「父親が生命の殺戮を生業《なりわい》とするがゆえに、子であるジョバンニの影も〈ばけもの〉化している、と考えられるのである」、と。あらゆる作品において転生するいのちの姿と、その循環のプロセスにおける修羅の闘争を描く賢治世界は、詩「春と修羅」にしろ、「よだかの星」や「なめとこ山の熊」などの童話にしろ、そのすべてが生きものの「喰い合い・殺し合い」の凄まじい世界を描いている。「銀河鉄道の夜」も例外ではない。

ここでは不在の父の影が、（本人にはその自覚はないかもしれないが）物語のもっとも奥深い暗黒の場所から伸びてくる無意識の影としてそこでジョバンニの影を〈ばけもの〉化させたのだ、といってみようか。ジョバンニの中に息づく内なる父の影、とそれをいってもいい。

銀河鉄道沿線では、血の流れない狩猟や、ひとりでにいいものができるという魔法のような農業が行われている。このとき銀河＝天の川の光る水は、地上の修羅の闘争、生きものたちの「喰い合い・殺し合い」の凄まじい世界、この醜く〈ばけもの〉化した世界をきわどく浄化するために、あの世からこの世へと果てしなく循環し、天と地を巡り続けているのではなかろうか。

鳥捕りとの出会い

「銀河鉄道の夜」には、その後半に鳥捕りの男という、じつに魅力的な人物が登場する。この男は白鳥の停車場から乗車し、すぐ次の鷲の停車場で降りてゆく。

この鳥捕りの男は、ジョバンニたちの目を通して「がさがさした、けれども親切さうな」とか、「茶いろの少しぼろぼろの外套を着て、白い巾《きれ》でつつんだ荷物を、二つに分けて肩に掛けた、赤髯のせなかのかがんだ人」というふうに描写されている。おしゃべりで、商人ふうの調子のよさ、俗っぽさを持っており、身体的には「せなかのかがんだ」という少し差別化された表現がなされている。この男は天の川で鶴や雁などの鳥を捕り、それをお菓子に加工してこのあたりで商売をし、生計をたてている、という。

その異様なふうていの鳥捕りの男に、ジョバンニたちが、どうやって鳥を捕るのか、と尋ねる場面がある。すると男は、こう答えるのだ。

「そいつはな、雑作ない。さぎといふものは、みんな天の川の砂が凝《こご》つて、ぼおつとできるもんですからね、そして始終川へ帰りますからね、川原で待つてゐて、鷺がみんな、脚をかういふ風にして下りてくるとこを、そいつが地べたへつくかつかないうちに、ぴたつと押へちまふんです。するともう鷺は、かたまつて安心して死んじまひます。あとはもう、わかり切つてまさあ。押し葉にするだけです。」

これはじつに含蓄に富む深い魅力をたたえた言葉ではなかろうか。「銀河鉄道の夜」を読むたびにわたしは、ここに、この物語の、あるいは作者賢治のほとんど思想的な核心といっていいものがあるのではないかと思い、いつも立ち止まってしまう。たとえばこの語りの中には四大《しだい》のエレメント（地・水・火・風）の無限の解体と物質の生成変化、生命輪廻の解き難い謎のようなプロセスがあるのではなかろうか。鷺という動物は、天の川の砂（鉱物）が凝ってできる。鉱物が動物になる。そのあとそれを押し葉（植物）にする。ここにある。鉱物－動物－植物の循環。そしてそれが最後はチョコレートのような光の「お菓子」になるという。

こんなふうに鳥捕りの男は、天の川での猟をジョバンニたちに説明するのである。

するとこの物語における「天の川」とは何だろうか。「始終川へ帰」る、という言葉と、そこへ下りると「かたまつて安心して死」ぬ、という言葉が、わたしにはとても印象的だ。「銀河鉄道の夜」は、冒頭、先生の「天の川」＝「このぼんやりと白いもの」が何か、という問いから始まった。たとえばこのときのその問いに対する答えの一つが、この鳥捕りの男の言葉の中にあるとはいえないだろうか。

あらゆる生命の根源、あるいはあらゆる生きものがそこからやってくる場所、そしてそこで安心して死んでゆける場所、鳥捕りの男が語る「天の川」にはそんなイメージがあるように思われる。

鳥捕りの男が天の川で猟をするところから、この男には、北の海で魚を獲るジョバンニの父の姿が重なっていると、従来多くの研究者からいわれている。さきの伊藤氏の議論もそれを踏まえて展開されている。たしかに彼は「なにかなつかしさうに」ジョバンニたちを見る。ジョバンニはこの男のどこか卑俗でありながら、実直そうな様子を見ていると、「もうこの人のほんたうの幸《さいはひ》になるなら自分があの光る天の川の河原に立つて百年つゞけて立つて鳥をとつてやつてもいゝ」というような、自分でも思いがけない突然のパッションに襲われる。そしてそう思いつつうしろをふり向くと、もうそこから鳥捕りの男の姿は消えている。

「どこへ行つたらう。一体どこでまたあふのだらう」、「僕はあの人が邪魔なやうな気がしたんだ。だから僕は大へんつらい」と、ジョバンニはその直後に再び不思議な後悔にも似た感情に駆られ、思いもかけないことを呟く。その人の存在が消えてはじめてその人の存在のあるかけがえのなさに思い至る。それが「銀河鉄道の夜」に潜在する出会いと別れのモチーフである。そしてまたこの鳥捕りに向けられた「あの人が邪魔」というジョバンニの言葉には、どこかでいじめっ子のザネリの影が落ちてはいないだろうか。鳥捕りの男に落ちているザネリの影。わたしにはそう思われてならない。

鳥捕りの男（あるいはザネリ）という理解不能な他者の発見。しかも鳥捕りの男は天の川で殺生をする存在でありながら、一方で「どうもからだに恰度《ちやうど》合ふほど稼いでゐるくらゐ、いゝことはありませんな」とも語るような男である。ここには、修羅の闘争を描き続けた宮沢賢治の生涯を貫く食と殺生をめぐる深い思想的テーマの新たな展開があるのではないか。願わくば鳥捕りの男、あるいはザネリを共に在る他者として発見し、彼らをその修羅のかなたへ思想的に救い上げる（息づかせる）場所を見出すこと、あるいはそういう場所を発見できなければ、「銀河鉄道」はその先へ走り出さないようにみえる。それは同時にジョバンニがカムパネルラと出会う場所でもあるのではなかろうか。

いずれにしてもこの鳥捕りの男との出会いによって、ジョバンニには、ある重大な転機が訪れたように思われる。

相似する二人の軌跡

授業中に居眠りをしていたジョバンニ。その目覚めから始まったこの物語は、ジョバンニが街の北の外れの天気輪の丘で再び眠り込むことによって、物語の舞台が地上から天上世界へと移行する。

ジョバンニは牛乳屋で牛乳を受け取ることができず、ポプラの木が幾本も幾本も高く星空に浮かんでいる坂道をもう一度街の大通りの方へ下りてくるのだが、その十字路で、再びザネリたちクラスメートに遭い、そこでまた例のいじめの言葉を投げつけられる。このときジョバンニには、その中にカムパネルラのいたことがとてもショックだったのであろう。十字路で彼は街から、いわばこの地上から弾き飛ばされるように、街外れの天気輪の丘へ泣きながら駈け込むのである。それが五章「天気輪の柱」の場面である。

短いけれど、ここは、とても魅力的な章ではなかろうか。あるいはここは物語が地上世界から天上世界へと劇的に転回してゆく場所のように思われる。たとえばジョバンニが天気輪の丘へ駈けのぼってゆく道は「一すぢ白く星あかりに照らしだされてあった」と描写されている。ここではジョバンニの受難の道がそのまますでに何かの意志によって選ばれた者の道でもあるかのように、あたかもそこだけ一筋白い天上の光を浴びたような道が星空に向かって伸びている——、おそらくはそこはジョバンニだけが通ることを許された道なのだ。

そしてジョバンニが「どかどかするからだ」をその天気輪の柱の下に投げ出すと、丘の下では、街の灯が「まるで海の底のお宮のけしきのやうにともり」、そこから「子供らの歌ふ声や口笛、きれぎれの叫び声もかすかに聞えて」くる。天上に近い丘の上から祭りの夜の明滅する街灯りを見下ろすジョバンニの目。だがそのときその目が見つめる下の街では何が起こっていたか。遠すぎてジョバンニの目には見えなかったかもしれないが（ここでは物語はそれをまだ隠しているが）、そこではカムパネルラがザネリを助けようとして溺れ、夜の川で行方不明になっていた。

五章は、こんなふうに、ジョバンニが天気輪の丘へ駆け上がってゆくにつれて場面がにわかに幻想化し、物語が急速に星空、異世界に近づいてゆく章である。天気輪の丘、そしてその頂上にそびえる天気輪の柱は、すると地上と天上の、現実と夢の間を媒介するような場所に建っているともいえようか。そしてそのことを踏まえてここでみてみたいのは、街の十字路で一瞬すれ違うだけで地上ではけっして交わることのなかったジョバンニとカムパネルラの、四章から五章へかけての物語の中における行動の軌跡である。

いまのべたようにジョバンニは街の十字路から街外れの天気輪の丘へと駈けてゆく。けれども「銀河鉄道の夜」の三次稿（先駆稿・後述）をみると、このときのジョバンニはその途中、小さな川に架かった橋の上でしばし立ち尽くし、それからにわかに天気輪の丘へ駈けてゆくというふうに書かれている。彼もまた川（それはカムパネルラが溺れた川の支流であろう）へ向かい、橋を渡っているのだ。一方のカムパネルラはどうか。彼は街の十字路でジョバンニとすれ違ったあと、クラスメートと一緒にやはり橋の方へ遠ざかってゆく。街の曲がり角でジョバンニがふり返ったとき、ザネリだけがふり返ってこっちを見ており、そのむこうに背の高いカムパネルラの黒い影がぼんやりシルエットのように遠ざかってゆくのが見えた、と物語には書かれている。

そしてこれがジョバンニが生前のカムパネルラを見た最後の場面である。街の十字路で、それぞれ反対方向へ遠ざかってゆくジョバンニとカムパネルラ。だがこの二人は離れていながら物語の上方と下方で共に橋(あるいは川)の方へ歩いてゆき、おそらくはカムパネルラもまたその橋を向こう側へ渡ったのではないかと想像される。このとき橋の向こうとはむろん異界、死の領域である。

つまり、ジョバンニとカムパネルラは物語の中で(あの十字路で)一瞬出会い離反しながら、物語の上方と下方で互いに惹き合う二つの引力のように同じような行動の軌跡を描いていたのである。五章の原稿の欄外に「川/ながれる/あかり」という書き込みがある。この書き込みをめぐって天沢退二郎がとても魅力的な文章を書いているが(前掲『エッセー・オニリック』)、このメモ書きはジョバンニが天気輪の丘の上から子どもたち、すなわちクラスメートが川に烏瓜の灯りを流す場面を見ていた(遠くて見えないけれども見ていた)ことを想像させる。そしておそらくそのさ中に事故は起こったのである。

わたしたちはここであらためて、ジョバンニが家を出て行くとき母が発した言葉、「川へははひらないでね」という警告が、以後の物語の行方を幾重にも暗示する不吉な予言のように響いてしまうのを聞かないだろうか。そしてその母の予言は、それをいわれた当のジョバンニではなく、なんと彼が深く思慕する親友カムパネルラの身の上において実現してしまうのである。

未完了による永遠化

「銀河鉄道の夜」は、わたしたちが現在享受しているバージョン（最終形とも第四次稿とも呼ばれる）の他に、これも一応の完成形ともいえる第三次稿バージョン（一九二五年から二六年にかけて書かれたといわれている）が存在する。

賢治は晩年、この三次稿を徹底的に改稿し、昭和八（一九三三）年に亡くなるまで幾度も手を入れていた。こうして中断をはさみ約十年の歳月をかけて書かれた「銀河鉄道の夜」だが、若き日の三次稿と死の床にあったといってもいい晩年の四次稿との間には、大きな、むしろ決定的な違いがある。

三次稿には、ブルカニロ博士という、ときに物語の「外」から物をいう超越者が登場する。彼は物語の中で道に迷っているジョバンニにさまざまな示唆を与えるという意味ではジョバンニの大いなる教導者といってもいい。物語の末尾でこの博士は、カムパネルラを見失って野原で泣いているジョバンニの前に姿を現し、こんなことをいう。「私は大へんいゝ実験をした。私はこんなしづかな場所で遠くから私の考を人に伝へる実験をしたい」と考えていた、と。つまり三次稿の「銀河鉄道の夜」は、物語が、このどこか遠くにいる超越者、ブルカニロ博士の遠隔感能力いわば一種のテレポテーションの不思議な心理「実験」の中にあったということがここで明かされるのである。しかもこの「実験」の中のジョバンニの言動はすべてこの博士の「私の手帳」に記録してある、という。最後に博士は、物語のテーマでもある〈みんなのほんたうの幸福《しあわせ》〉のために、ジョバンニがこれからどう進んでいけばいいかまでアドバイスする。

だが晩年に手を入れた四次稿では、このブルカニロ博士の存在や、博士が作中姿は見せず「セロのやうな声」でジョバンニに語りかけ、彼を導いていくような場面がすべて削除された。その削除を補塡するかのように新たに冒頭部分の一章から三章までが書き足された。

その結果、物語はどう変わったのだろうか。

導き手のいない、さまざまな困難や試練を主人公のジョバンニが自らの力でより主体的に生き直す物語に変わった——とひとまずはいうことができるだろう。三次稿では「銀河鉄道の夜」はブルカニロ博士のいわば「私の手帳」の中に書き記されていた、それがジョバンニの見た（そしてわたしたちが読む）「銀河鉄道の夜」の心理実験、あるいは夢物語の内容であった、ということになるだろうか。この博士はときどき分厚い一冊の本、あるいは事典を持って登場したりもする。

だからこうもいえるかもしれない。この世界のすべての出来事は一冊の書物の中に書き込まれている、といったあの南米の作家ボルヘスの「バベルの図書館」にも似た、物語の無限の入れ子構造が、「銀河鉄道の夜」三次稿の世界なのだ、と。しかもこの博士に冠せられたブルカニロとは、世界的に有名な百科事典ブリタニカから採られたものだともいわれている。

するとここでは、こんな読みも可能になるのではなかろうか。

四次稿において作者はブルカニロ博士をその原稿からすべて抹消することによって、手帳や本の中に書き込まれた物語という、いわば物語の入れ子構造の枠組みそのものを廃棄した。と同時にそこにはいわば廃棄された、あるいは消された本の残像、その消え残った物語のゴーストのような記憶——も依然としてまだ消えないままに残っているのではなかろうか。その消え残りがもしかしたら追加された二章「活版所」の意味なのだ、とは考えられないだろうか。そのことについて少し説明してみる。

たとえばこの章でジョバンニは、一章「午後の授業」の、おそらくは当時の最新の物理学や天文学の知識を踏まえてなされた先生の「今日の銀河の説」を聞く。だが彼は天の川は何かという先生の問いには答えられなかった。そしてその答えられなかったところに「活版所」の章がある、と。すなわちこの活版所においてジョバンニには書物を通してなされた先生の「今日の銀河の説」を、作者がジョバンニの教導者ブルカニロ博士の存在を物語から抹消したようにいわば「粟粒くらゐの活字」にまで解体し、それをもう一度新たに自分自身の体験として組み直すという作業をここで（むろん無意識のうちに）やっていたのではなかろうか。

あるいは物語の転回点である「天気輪の柱」の章を、ここでは次のように読み換えることも可能だろうか。

これまでふれずにきたが、「銀河鉄道の夜」の主人公の名前ジョバンニとは、聖書に出てくる伝道者ヨハネのイタリア語読みであるといわれている。それも福音書のヨハネではなく、黙示録のヨハネの方がこの物語にはふさわしいというのが、大方の研究者の見方である。するとこの命名には、受難者と同時に、なによりもそのことによって大いなるものの意志によって選ばれた者、あるいは宗教的な種々の試練を受ける者というイメージがつきまとう。賢治が最終的にブルカニロ博士の存在を物語からすべて抹消し、それを少年ジョバンニの主体的な物語に書き換えていったとき、ジョバンニはこの五章において初めてその名にふさわしい選ばれた者の姿で新しく物語に立ち顕れた、とはいえないだろうか。

この物語が一次稿から手放さなかったモチーフ、〈天上へなんか行かなくてもいい、ぼくたちここで天上よりももっといいとこをこさえなくちゃいけない〉、のちの「ポラーノの広場」にも通い合うテーマが、この四次稿において初めて、ジョバンニがジョバンニになることによって（その隠された-秘められた名前を生きることによって）物語のうえでの焦点を結んだ。別のいい方をすれば銀河鉄道は南十字星《サウザンクロス》の下に突然出現する「石炭袋（コール・サック）」のあたりで突然消滅するのだが、そのことによって、逆にその闇のかなたに物語の問いをなお未完了なものとして問い直し生き続ける、あるいはその問い自体が宙吊りにされ永遠化された、といまのわたしは考えている。

終章

再び郵便文学について――「光の手紙」をどう受け取るか

『春と修羅』冒頭の「屈折率」にちらりと姿を見せた、あの「幻の郵便脚夫」は、その後どこへ行ったのだろう。陰気な雪雲の垂れこめる山のかなたへ、アラジンの魔法のランプを求めて忽然と姿を消した幻の郵便脚夫は、その後の詩作品や童話の中でさまざまな人や物に変身しながら、まだどこかの町や野原を歩き続けているのではなかろうか。

たとえば「青森挽歌」の夜汽車に乗っていた男。あれは、この郵便脚夫の二年後の、死んだ妹との霊界通信を求めて異界へと赴くものの亡霊的な姿ではなかったか。あるいは賢治が童話集『注文の多い料理店』出版の際に記した自筆の広告文を参照すれば、この郵便脚夫は、異空間の深い森や極北の不思議な都会、幻のベーリング市まで続く電柱の列の間をさまよいながら、いまもまだどことも知れぬ異国の海岸線や吹雪の町をさまよっているのかもしれない。ここにさらに妹トシが亡くなって半年後に書かれた童話「氷河鼠の毛皮」を重ねれば、その男はベーリング行の最大急行に乗ってそのまま真冬の吹雪の中に消えてしまったあのイーハトヴの帰らない乗客たちの一人かもしれない。

「氷河鼠の毛皮」は、「十二月の二十六日の夜八時ベーリング行の列車に乗つてイーハトヴを発つた人たちが、どんな眼にあつたかきつとどなたも知りたいでせう。これはそのおはなしです」と書き出されながら、結局この急行列車そのものが物語のふいの中断によって行方不明になり、吹雪のかなたへ忽然と消えてしまう。その数ヵ月後に「青森挽歌」は書かれているから、さきにみたこの詩の賢治の樺太行のドキュメントは「氷河鼠の毛皮」の中断された物語を、こんどは生身の賢治がもう一度現実の夜汽車に乗ってあらためてたどり直した旅ともいえるだろう。

あるいは『春と修羅』末尾の「一本木野」という詩にも、

電信ばしらはやさしく白い碍子をつらね
ベーリング市までつづくとおもはれる

とベーリング市という幻の都市名が出てくる。その中には「わたくしは森やのはらのこひびと」という詩句や「つつましく折られたみどりいろの通信は／いつかぽけつとにはひつてゐる」などの注目すべき詩句がある。

もしかしたらこの「みどりいろの通信」は、「どんぐりと山猫」の一郎に来たあの「おかしなはがき」、たとえば虫喰い状の木の葉かもしれないし、一方では「銀河鉄道の夜」のジョバンニのポケットに入っていた唐草模様の「見てゐると何だかその中へ吸ひ込まれてしまふやうな」不思議な切符かもしれないのだ。一本木野という岩手山の裾野にひろがるこの原野は童話「土神ときつね」の舞台にもなっているが、銀河鉄道はここから北極の近くにあるという架空の都市ベーリング市へ向かって走っていて、賢治の想像力の中ではこの鉄道はそこからさらに天上へ浮上し、銀河・星空のかなたへと伸びているのではなかろうか。

いずれにしても、郵便脚夫は「銀河鉄道の夜」のジョバンニ（ヨハネ）のように賢治文学の使命と試練を象徴するメタファである。それは学生時代の作品「「旅人のはなし」から」が語るように、さまざまな国に赴き、さまざまな人や物に姿を変えながら、死んでは蘇りいつか時空を超えた天上の国への長い受難の歩みをあゆむものの、作者によって選ばれた呼び名である。

思えば賢治はさきの童話集の序文を、次のように結んでいた。

けれども、わたくしは、これらのちひさなものがたりの幾きれかが、おしまひ、あなたのすきとほつたほんたうのたべものになることを、どんなにねがふかわかりません。

「ものがたりの幾きれ」とは、これも一種の手紙であり、そしてそれを運ぶ人の彷徨と受難の果ての遠くからやってきた光の通信なのかもしれない。このとき、童話集序文の「わたくし」は、幻の都市ベーリング市まで続く吹雪の中をさまよいながらいまここに、この童話集の入口にかろうじて帰還してきたあの「幻の郵便脚夫」の、遠い変身した姿でもあるだろうか。

その間に、何があったのか。そこで、どのような語り難い時間が流れたのか。

ともあれいまわたしたちが目撃するのは、詩「屈折率」の、どこか覚束ない足取りで暗い雪雲の下へよろよろと歩む幻の郵便脚夫が、一つの長い受難の時をくぐり抜けてはるかにいまこのドリームランドの入口にたどり着こうとしている姿である。

おそらく彼はいまあのかねた一郎のようにイーハトヴの入口に一枚の「おかしなはがき」を持って立っている。それがその人の、生き残り（あるいは転生し）、異界から持ち帰った異様なドキュメントとしての光文字で記されたこれら童話の数々なのだ。

その「光の手紙」をどう受け取るか。どう読むか。それこそがいま賢治文学を読む、その七十年後を生きるわたしたちに課せられた新しい試練である。

読まれざる作家——あとがきに代えて

本書は『秋田魁新報』紙に、二〇〇七年一月五日から二〇〇八年一月十八日まで、毎週金曜日の夕刊に五十回にわたって連載した「幻の郵便脚夫を求めて——《宮沢賢治》を歩く」に大幅な加筆をし、あらたに構成し直したものである。但し、Ⅱ章に収めた「黄色のトマト」は宮沢賢治学会会報（二〇〇六年三月）に発表したものに加筆し、本書に収録した。

秋田は私の生まれ故郷である。この連載を賢治の初期の短篇「秋田街道」から始めたのは、地元秋田への挨拶のつもりもあった。さらにこの短篇に、賢治の方法論〝心象スケッチ〟の最初の顕れをみてみたかった。そしてなによりもこの街道から、賢治のイーハトヴの中心地、小岩井農場や岩手山麓の方へ私も歩き出してみたかった。それは、賢治の「幻の郵便脚夫」がこの街道をそのかなたへと歩いて行ったにちがいない、と私が空想したためでもある。銀河鉄道の始発点も、このあたりにあるのではなかろうか、とわたしは想ったのだ。

日本の現代詩を代表する詩人の一人、谷川俊太郎の、昭和五十（一九七五）年の作品に、「芝生」と題された一篇がある。

そして私はいつか
どこからか来て
不意にこの芝生の上に立っていた
なすべきことはすべて
私の細胞が記憶していた
だから私は人間の形をし、
幸せについて語りさえしたのだ

（『夜中に台所でぼくはきみに話しかけたかった』青土社、一九七五）

この詩を初めて読んだとき、わたしは、ここにもう一人の宮沢賢治がいる、と思った。あるいはこれは谷川俊太郎が、賢治について（むしろなり代わって？）ふと書き付けたメモのようなものかもしれない、とも。谷川氏は少年時、宮沢賢治にとても親しんだ、と氏から直接聞いたことがある。

あるいは次のようなエピソードはどうだろうか。

「銀河鉄道の夜」冒頭数枚の生原稿は、童話「楢ノ木大学士の野宿」という作品の裏面を使って書かれている。「楢ノ木大学士の野宿」という童話は北上川の支流にオパール(蛋白石)の原石を捜しに行った大学士が、三日間川原に野営するうちに六千五百万年前から約一億年前の地球、あの恐竜たちが跋扈するジュラ紀か白亜紀の世界へ迷い込むというものである。原稿の表面がジュラ紀か白亜紀の太古の世界で、裏面が「銀河鉄道の夜」のようなSF的な近未来の世界。それが原稿用紙の表と裏で、いわば時空の歪みのように通底し、同居しているような世界。そのように一枚の紙の扉を開けば、あるいはそれを裏返せば、たちまち数億年が経過し、わたしたちは異世界のどこへ連れ出されるかわからない、それが宮沢賢治の世界なのだ。

恐竜時代からのまなざしが賢治作品を貫き、一方では地球外からはるかに地球を眺めるような近未来からのまなざしが賢治作品を貫いている。「未来圏からなげられた／戦慄すべき」(詩「未来圏からの影」)なにものかの影が、賢治作品にはいつもいたるところに名づけられないゴーストのように立っているのである。

誰も見たことのない未知の生命体を捉える言葉――賢治作品をそのように形容してみようか。

賢治の初期作品に「あけがた」という不思議な短篇がある。その中に「区分キメラ」という奇怪な言葉が出てくる。暗黒く淀んだ室《へや》の中に「もやもやした区分キメラ」がいるというのである。「区分キメラ」とは遺伝子型の違う組織が結合したモザイク状の不安定な細胞の蠢きを語っている。

わたしにはこの「区分キメラ」は賢治という存在、そのさまざまな人や物の移体や変身を生きている稀有な存在、その転生や「生命現象」を形容するのにふさわしい言葉のように思われる。

「銀河鉄道の夜」の銀河の祭はなぜケンタウル祭と名づけられていたのだろうか。それは、ケンタウルスが人と馬が合体した人獣混合のキメラ的生物だからではないか。そのようにさまざまな生きものの影が一つの生体の内部に共生し共存して蠢くキメラ的（複合的）生命の在り方を、ここでは生きとし生けるものの在り方として、生物祭として銀河の祭りとして祝福する、肯定する。そのような思想が「銀河鉄道の夜」にはあるのではないか。そこにあらゆる賢治作品の核心があるのではないか。そんな想いでわたしはこの連載を書いてきた。

宗教学者の中沢新一は宮沢賢治を「生命体の限界づけから自由な、純粋意識の「場所」にたって、生命体の実存を、内側からとらえた」作家と定義する。(「残酷の作家」、『哲学の東北』青土社、一九九五)

おそらくわたしたちは、この未知の星からやってきたかのような謎の作家の言葉を、まだ誰もうまく読み解けていない。宮沢賢治——それは依然として未来時制を生きる未知の生命体に冠されたいまだ読まれざるものの名前なのである。

参考文献一覧

天沢退二郎編『宮沢賢治ハンドブック』新書館、一九九六
原子朗『新宮沢賢治語彙辞典』東京書籍、一九九九
天沢退二郎『エッセー・オニリック』思潮社、一九八七
榊昌子『宮沢賢治「初期短篇綴」の世界』無明舎出版、二〇〇〇
都築卓司『四次元の世界』講談社ブルーバックス、二〇〇二
大塚常樹『宮沢賢治　心象の宇宙論《コスモロジー》』朝文社、二〇〇三
見田宗介『宮沢賢治——存在の祭りの中へ』岩波書店、一九八四
カール・セーガン著　長野敬訳『エデンの恐竜——知能の源流をたずねて』秀潤社、一九七八
佐藤磐根編著『生命の歴史——三十億年の進化のあと』ＮＨＫブックス、一九九四
ルイス・キャロル著　矢川澄子訳『不思議の国のアリス』新潮文庫、一九九四
別役実『イーハトーボゆき軽便鉄道』リブロポート、一九九〇
折口信夫「翁の発生」『折口信夫全集　第二巻　古代研究　民俗学篇一』中央公論新社、一九九五
伊藤光弥『宮沢賢治と植物——植物学で読む賢治の詩と童話』砂書房、一九九八
小森陽一『最新宮沢賢治講義』朝日新聞社、一九九六
谷川雁『ものがたり交響』筑摩書房、一九八九
市村弘正『「名づけ」の精神史』平凡社、一九九六

「中原中也生誕百年」『現代詩手帖』思潮社、二〇〇七
谷川雁『賢治初期童話考』潮出版社、一九八五
四方田犬彦『心ときめかす』晶文社、一九九八
西成彦『森のゲリラ　宮沢賢治』岩波書店、一九九六
中村節也「ゴーシュの目指したもの」『宮沢賢治』13号、一九九五、洋々社
佐藤泰平編著『セロを弾く賢治と嘉藤治』洋々社、一九八五
柳田国男『遠野物語・山の人生』岩波文庫、一九七六
天沢退二郎『謎解き・風の又三郎』丸善ライブラリー、一九九一
押野武志『宮沢賢治の美学』翰林書房、二〇〇〇
荻原昌好『宮沢賢治「銀河鉄道」への旅』河出書房新社、二〇〇〇
マリー・ホール・エッツ著　まさきるりこ訳『もりのなか』福音館書店、一九六三
寺山修司『誰か故郷を想はざる』芳賀書房、一九七一
伊藤真一郎「『銀河鉄道の夜』における子ども――〈ばけもの〉のような影をめぐって」『國文学』学燈社、一九九四

なお、宮沢賢治の著作物の引用は、原則として筑摩文庫版『宮沢賢治全集』（一九八五年〜八六年）によった。

［著者紹介］

吉田文憲（よしだ　ふみのり）

1947年秋田県生まれ。詩人。

1976年詩集『衰弱』を刊行、以後『花輪線へ』『人の日』『遭難』『移動する夜』など。

2001年『原子野』で晩翠賞、2006年『六月の光、九月の椅子』で山本健吉文学賞を受賞。

評論集に『「さみなしにあわれ」の構造』『宮沢賢治—妖しい文字の物語』、詩論集に『顕れる詩—言葉は他界に触れている』、共著に『やさしい現代詩—自作朗読CD付き』『生きのびろ、ことば』がある。

宮沢賢治《みやざわけんじ》——幻《まぼろし》の郵便《ゆうびん》脚夫《きゃくふ》を求《もと》めて

　NDC 914/221p/20cm

初版第1刷——2009年11月20日

著者——————吉田文憲《よしだふみのり》
発行者—————鈴木一行
発行所—————株式会社 大修館書店
〒101-8466 東京都千代田区神田錦町3-24
電話 03-3295-6231（販売部）/03-3294-2354（編集部）
振替 00190-7-40504
［出版情報］http://www.taishukan.co.jp

印刷所—————精興社
製本所—————ブロケード

ISBN978-4-469-22206-7　Printed in Japan